君偉上小學8 特別篇

君偉的誤會報告

文 王淑芬 圖 賴馬

目次

附錄

人物介紹

張君偉

你們都誤會了，我雖然很會畫暴龍，但是內心卻是小蝴蝶。

好朋友

喜歡鬥嘴

陳玟

你們都誤會了，其實我有許多洋娃娃，還會抱著它們睡覺。

張志明

你們都誤會了，我雖然常常忘了交作業，但其實每一題我都會。

白忠雄

你們都誤會了，其實我並沒有很愛錢，我只是很愛數錢。

楊大宏

你們都誤會了，其實有些事我也不懂，尤其是跟女生有關的。

你們都誤會了，我最愛的電影是驚悚科幻片，不是愛情文藝片。

江美美老師

1 常常被告的一堂課

本班發生驚天動地的大事啦！

一向對張志明很有意見的班長陳玟，居然帶著一盒巧克力到學校，說要送給他。

張志明爽快的打開包裝盒，遞一顆送進嘴裡，還拿一顆給我。他一面嚼著巧克力，一面口齒不清的問：「今天不是情人節吧？」

陳玟大吼一句：「我怎麼可能送你情人節禮物？這是『仇人節』禮物。」

我倒沒聽過世界上有仇人節。

原來是因為陳玟被英語老師指定擔任「英語短劇」導演兼編劇，不但要寫劇本，還要指導班上同學演戲。三週後，將在全校的英語活動中表演。

陳玟說：「劇本我已經寫好了，是孫悟空大戰鐵扇公主。」

這根本是《西遊記》中的情節嘛。

張志明又往嘴裡扔進一顆巧克力後說：「沒問題，我願意演鐵扇公主，我向阿嬤借一把扇子便行。」他停了一下，又問：「該不會要我演那把扇子吧？」

楊大宏是副導演，他很嚴肅的對張志明說：「我讀過班長寫的劇本，你的角色是孫悟空。這是根據你的人格特質來設計的，劇本寫得很優秀。」

白忠雄在一旁抗議：「班長要我演鐵扇公主，我的人格特質又不是凶狠的女生；我是溫柔又懂得理財的小男孩才對。」

陳玟不理白忠雄，笑咪咪的指著巧克力，告訴張志明：「為了感謝我的愛心，我們今天不當仇人，要化敵為友，齊心協力。而且，你本來就像猴子啊，最適合演孫悟空。」

張志明吃完巧克力，舔舔手指頭，口齒不清的繼續問：「可是，我不會講英文。」

幸好，陳玟寫的劇本很簡單，演孫悟空的張志明，只有一句臺詞，在舞臺上威武的大喝一句：「別走！」

楊大宏也幫腔：「沒錯，我保證張志明真的跟猴子有關。大家都知道，人是由南方古猿演化而來，這是生物學上的主流理論。」

陳玟很滿意的點點頭，下結論：「沒錯，將來中學的生物課會教達爾文的演化論。到時候，張志明就知道你能飾演孫悟空的原因，就是因為一直保有老祖宗的特質——猴性不改啊。」

張志明瞪她一眼：「你如果再諷刺我，我就拒絕上臺。我是猴子變的，你也是。只要是人，都是猿猴變的，不信的話，你去看看自然教室牆上有貼一張海報。」

那張海報，畫的是從猿猴到人類的演化簡圖。的確，人是從古猿演化而來，這一點，全班應該都沒有人會反對。

可是，江美美老師聽到我們的對話，卻搖搖頭說：「那可不一定。如果在美國，說不定會有家長到學校，反對老師教演化論。」

江老師還說：「嚴重的話，可能還告上法院，不准生物老師說『人是由猿猴演化而來』。」

據說，光是在美國，「能不能在學校教演化論」這件事，至少就有幾次重要的法庭審判。演化論這一門課是一堂經常被提告的課。

直到現在，美國仍有將近四成的人是不相信演化論的。

「那他們相信什麼？」全班不約而同的大聲問。

由於美國人信仰基督教的人數比例很高，所以不少人對於「人從何而來」所相信的是創造論，也就是一切都是至高無上的神所創造的，有些人甚至無法接受人類是由低等的猿猴演變而來。

陳玟張大眼睛，發表看法：「我以為全世界都會教人是從猿猴演化而來，原來是我誤會了。」

不過，因為演化論本身仍有一些細節上的爭議，所以，反對演化論的人，不一定全都是為了宗教因素。只是在美國、尤其是比較保守的州，要不要教演化論，一直都意見分歧，使得許多老師只能輕描淡寫的略略講述，不敢深入解說「物種起源、物競天擇、適者生存」等演化論相關內容，以免被告上法院。

江老師還說了一件事：1925年，是美國第一場關於「教不教演化論」的訴訟，那場審判也被稱為「猴子的審判」。

因為雙方爭論的是「人是不是猿猴演化而來、要在課堂上教這種知識嗎？」，因此被取了這個可笑的別名。

更可笑的是，因為全美國人民、連英國人都對這場審判有興趣，所以每回開庭，必定引來大批人群旁聽，搞得像嘉年華會一般，甚至還有人真的帶猩猩來，說要讓牠上法庭作證呢。

張志明忽然有了靈感：「我懂了！我們乾脆改演猴子的審判。」

理由是：「因為這樣的話，我就連一句臺詞都不必講，只要在臺上蹦蹦跳跳就行了。因為我還沒演化成人啊！」

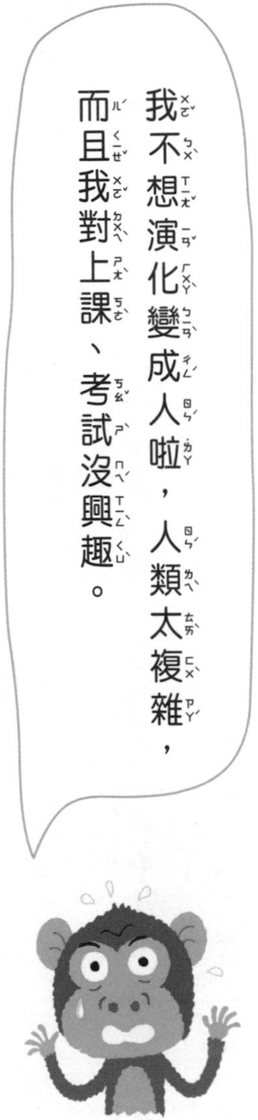
我不想演化變成人啦，人類太複雜，而且我對上課、考試沒興趣。

關於「猴子的審判」(The Monkey Trial)

1859年達爾文發表《物種起源》後，多數人漸漸接受「天擇演化」理論，但仍有不少爭議。1925年，美國田納西州禁止在學校教演化論。當地德頓高中教師史科普斯卻故意說自己教授演化論犯法，挑戰禁令，於是遭到起訴。

當時為他辯護的是著名律師丹諾，口才極佳，每次審理都十分熱鬧。雖然史科普斯最終敗訴，卻讓演化論得到更多注意，記者更大肆報導丹諾的辯詞。這場訴訟被戲稱為「猴子的審判」，後來還數度被改編為戲劇。

2 現在不是現在

上數學課時，老師在黑板寫了許多算式，很辛苦的解說，我們也很辛苦的在課本上跟著練習，坐在我旁邊的張志明則「很辛苦」的在課本上畫烏龜。

陳玟眼尖發現後，馬上盡責的舉手報告：「張志明上課不專心。」

張志明反駁：「我明明很專心。」

陳玟氣得臉都紅了，反擊一句：「你說謊。」

張志明回應：「這是善意的謊言，以免江老師傷心。老師教我們數學一定很痛苦，我不可以讓她難過。」

「明明是你說謊讓她難過。」陳玟無法接受張志明的辯解，繼續說：「謊言就是騙人，善意的謊言這句話本身就是一句謊言。」

江老師放下課本，嘆了一口氣，說：「我們先休息一下吧，這道數學題讓我有點頭昏。」

張志明很開心的說：「我也是。」

陳玟又再度出擊：「老師，您認為世界上真的有善意的謊言嗎？」

白忠雄馬上回答：「有，我爸爸每年都跟我媽媽說，你十年來都沒變。可是她明明就變了很多。」

楊大宏難得沒有支持陳玟，他也同意白忠雄的例子：「我媽媽也常對我阿姨說：『你沒胖啊，根本看不出來。』可是我明明就看得出來。」

江老師笑了：「人的外貌不重要，說點身材的小謊應該沒關係。」

但是陳玟覺得：「如果說小謊沒關係，大家就會開始說『中謊』，然後說『大謊』。」

張志明忽然想起一件事，舉手大喊：「我們班最常說謊的人就是陳玟。」

「你說謊！」陳玟的眼睛瞪得比五十元銅板還大。

我們都覺得有趣，想知道為什麼張志明這樣說。江老師也

問：「為什麼？」

「因為她常對我說：『這是我最後一次警告你。』」

我忍不住笑了。張志明說的沒錯，陳玟的確「每日一說」，卻永遠都不會是最後一次。

楊大宏發揮英雄救美精神，說出一則小百科知識：「其實，最會說謊的，是我們的眼睛。」

他開始舉例說明。第一個例子是：在不同燈光下，相同的物體看起來顏色就不同……

「眼睛有錯覺，這點大家都知道啦。」陳玟搖搖頭，還說：「比如我現在看到張志明的皮膚是黑黑的，晚上沒有光，看到的也還是『黑黑的』。」

說完這個聽起來有點矛盾的例子，陳玟累了，她要求老師：「現在，讓我們繼續上可貴的數學，別再理愛講善意謊言的張志明了。」

張志明也搖搖頭說：「現在，讓我們多休息一下。我的眼睛沒有說謊，我真的看到老師滿臉很累的樣子。」

江老師笑著說：「謝謝張志明的關心。」然後說：「也謝謝你們給我靈感，我們來討論一個富有科學證據的謊言吧。」

她轉身在黑板寫下兩個字：現在。

根據老師的說法，當我們說、或是寫「現在」這兩個字時，其實在精確的時間意義上，已經不是當下真正的現在了。

白忠雄大喊：「好難懂。」

楊大宏推了推眼鏡，很冷靜的說：「這不難懂，意思是，說這兩個字至少需要花一秒，如果用寫的，就更慢了。所以當我們講完這兩個字，『現在』已經變成一秒前的歷史。」

白忠雄恍然大悟的大叫：「對耶，想想我以前都誤會『現在』這兩個字了。原來，『現在』真的是一句謊話。」他搖頭補充：「人生好複雜。」

江老師又問大家：「眼睛會騙人，除了各種視覺的錯覺實驗，大家還知道其他例子嗎？」

楊大宏沒讓老師失望，一秒就有答案：「太陽和月亮。」根據他的詳細解釋，我們才知道每天抬頭看到的太陽，其實已經是八分鐘前的太陽；看到的月亮，是一秒多以前的月亮。全班忍不住一起大喊：「人生好複雜。」

「一點都不複雜，從此以後，你們不會再有誤會，以為看到的『現在』，就是現在。」老師簡直像在說繞口令。「現在看到的太陽，是以前的太陽，不是此刻的太陽。」

張志明好像懂了，他認真的發問：「所以，如果太陽七分鐘前已經暗下來，不發光了，但我們現在抬頭，仍然能看到太陽公公亮晶晶的高掛在天上，對不對？」

陳玟也認真的回應：「為什麼要講太陽公公，而不是太陽婆婆？」

江老師對張志明的說法很滿意，點點頭：「我現在對張志明刮目相看耶。先聲明，我一秒後仍然很滿意。」至於陳玟的意見，老師則說：「你想在自己的文章中寫成太陽婆婆，應該沒有人會反對。」

張志明被讚美，決定再接再勵，好好表現。他幫老師整理出重點：「我們說的現在，其實是一句不符合科學的謊言。我們看到的太陽，其實是八分鐘前的太陽，不是現在的太陽，那是眼睛在說謊。」

他又下了一個結論：「不過，這些謊言不善也不惡、不好也不壞，沒關係啦。」

楊大宏不同意，大喊：「對天文學家來說，關係可大了。因為……」

張志明閉上眼大叫：「好了好了，我不說了。」

老師笑了，她說：「『我不說了。』，也是人類常講的一句謊言喔。」

關於 8 分鐘前的太陽

我們日常所看到的影像，比如太陽或月亮，是先藉由「光」傳遞到眼中，再由大腦傳遞給我們覺知到這些影像。

按照光的速度（約每秒 30 萬公里），光從太陽傳到地球大概需要 8 分 13 秒；從月球傳到地球，約需 1.3 秒。所以才會說我們抬頭看到的太陽，其實是 8 分鐘以前的太陽；看到的月亮，是 1.3 秒以前的月亮。由於光速在任何時間、任何地點測量都一樣，所以不論在地球上哪一個地方，看到的太陽都是 8 分鐘前的太陽。

3 別再問先有雞還是先有蛋啦

媽媽有一天問我，喜歡級任老師江美美嗎？我不斷點頭，十分肯定的說：「當然、當然。」原因是江老師不但修養好，不隨便對學生發脾氣，還經常分享她收集的笑話給全班聽。

比如，今天上造句練習時，老師就舉例：「你們看，這一題造句：『先……，再……』，有位不具名的學生，造的句子是：『先生，再見。』好好笑啊。」老師還沒笑完，陳玟就不以為然的否定：「這種造句不好笑，是偷懶句。」

張志明忽然變身老師的得意學生，搶答：「應該造『先穿內衣，再穿外套；先喝奶茶，再吸珍珠；先吃飯，再啃排骨。』」

白忠雄馬上扮演張志明的知音，接著說：「先吃飯再啃排骨是對的，這就叫做『先苦後甘』。」

本班的成語天后陳玟很生氣的糾正白忠雄：「先苦後甘不能用在這個例子，不倫不類。如果是上了整天課，放學那一刻才能叫做先苦後甘；『甘』的理由是終於可以跟張志明說再見了。」所以，陳玟也造了一個偷懶句：「張『先』生，『再』見了。」

江老師問大家：「你們習慣先吃飯再吃排骨，還是相反？」

我一向是一口飯一口排骨，這道問題好像沒有標準答案，沒有對與錯嘛。

「的確，有些事，先後的順序其實沒有對與錯。」老師說我的想法很有道理，就像我們習慣吃完飯再喝湯，西方人倒是先喝湯再吃正餐。

她還舉出其他例子：「據說，英國人喝下午茶時，喜歡配上一種小點心，名為司康，而且通常會準備一小碟奶油與果醬。」

吃司康時，有人主張必須先塗奶油，再塗果醬；另一派人的主張則相反。

老師還補充：「連喝茶加牛

奶這件事，先倒牛奶、還是先倒茶，英國人也分為兩派呢。」當英國人好麻煩啊。張志明卻說：「英國人好懂得生活。我以後要先吃早餐，再吃早飯。」他的「早餐」是三明治，「早飯」是飯糰——張志明胃口好，每天都會帶兩樣早點。

沒想到老師引發大家的興趣，紛紛提出每個人平日的生活習慣。有的人「先刷牙再洗臉」，有的人「先洗臉再刷牙」。白忠雄喜歡先起床再賴床，陳玟熱愛先寫國語作業，再寫數學考卷。

至於楊大宏，忽然提

出一個疑問：「老師，先有雞，再有蛋，還是順序相反呢？科學家有統一說法了嗎？」

江老師正要回答，陳玟馬上搶答：「世界上所有的事情，科學都能解決，一定有最後的答案。不過，目前還沒確定先有雞還是先有蛋。」她又說：「總有一天，聰明的科學家必定有最後解答。」

雖然陳玟對科學家很有信心，但是這一題，老師卻笑著說出令人驚訝的回應：「你們都誤會了，並非世界上所有的事，科學家一定有最終答案。」

老師的意思是，科學家只能就現有的證據，提出一種說法。不過，沒有人敢保證，這個說法就是無可挑剔的正確解答。

我們都聽過這一題「史上最難回答的困惑」，難道科學家真的說不出「先有雞，還是先有蛋」嗎？

小百科楊大宏當然有讀過這一題，他為大家說明：「想回答此題，必須先定義清楚。你們問的題目，到底是：先有雞，還是先有雞蛋？或是先有雞，還是先有蛋？兩道問題可不相同。」

我聽得都迷糊了。

幸好，老師在黑板寫下這兩句話：「問題一：先有雞，還是先有雞蛋？問題二：先有雞，還是先有蛋？」

原來楊大宏說的是「蛋」與「雞蛋」，相差一個字，解釋當然不同，這一點我懂。

如果是問題一，而且這裡所說的雞與雞蛋，是指相同種類，比如都是烏骨雞，很顯然，必定是先有烏骨雞蛋，才能孵出烏骨雞。

可能有人還會追根究柢問：「那麼，世界上第一顆烏骨雞蛋又是怎麼來的？」楊大宏說科學家們提出的看法是：「也許本來不是烏骨雞的某一種雞，生的蛋因為微小的基因突變，所以變成烏骨雞蛋，再孵出世界上第一隻烏骨雞。」

有科學家主張先有雞嗎？老師說當然有：「根據他們主張，必須有一種特殊的OV-17蛋白質，才能形成雞蛋殼。而這種蛋白質，只能存在雞的卵巢中。所以必須有雞和這種蛋白質，才能生出雞蛋。」

至於問題二「先有雞，還是先有蛋？」，解答就簡單多了，因為「蛋」是一種廣義的說法，不一定指雞蛋。如果將這一題放在廣泛的生物演化史來看，當然是先有蛋。因為，目前已發現一億年前就有種小型肉食性恐龍會製作巢穴，以便用來生蛋。恐龍後來演化成為鳥類，而雞是屬於鳥類的一種。也就是以演化的時間順序來說，蛋的年代早於雞的年代，所以是「先有蛋再有雞」。

張志明打了一個大大的呵欠，說：「老師，您再說下去，我會『先打瞌睡，再呼呼大睡』。」

陳玟出乎意料的誇獎張志明：「沒想到你會好好運用造句。你真是先簡單再複雜啊。」

複雜的張志明只好大叫：「沒想到陳玟先損人，再誇人啊。」

關於先有雞，還是先有蛋

這道題目，從古希臘時代，一直到現在，仍有人不斷發問。回答之前，首先要釐清題目中的蛋，指的是「雞蛋」，而且是與題目中的雞相同品種的雞蛋；還是廣義上的「蛋」？

不論主張先有雞，還是先有蛋，科學家都知道很難定論，因為無法經由實驗，重新再造當初的演化實況。不過，科學家們也大多同意，第一隻真正的雞是從一顆蛋生出來的。

4 糖崩潰了

本班的副班長楊大宏外號是小百科，因為他喜歡閱讀知識類百科全書。班上的同學遇到任何問題，總是第一個想到：問楊大宏就行了。

沒想到，今天楊大宏居然被張志明考倒。

自然課下課時，張志明問楊大宏：「人和鯊魚，誰比較可怕？」，楊大宏答：「當然是鯊魚。你沒看過那部可怕的電影『大白鯊』嗎？』

沒想到張志明卻搖頭說：

「錯！」，還對電影下評語：「電影裡的情節大多數是假的啦。」他得意的教導我們：「昨天我看到電視上的科學節目，主持人說，被人類吃掉的鯊魚，比被鯊魚攻擊的人多。」

原來是這個原因，讓張志明認為「人比鯊魚可怕」。

陳玟說：「想不到張志明除了看海綿寶寶卡通，也看科學節目。」

沒想到張志明繼續賣弄他的科學知識：「根據科學家的統計，每年人類大約吃掉一億隻野生鯊魚，而每年被鯊魚獵食的人數，你們猜是多少？」

我們都轉頭看楊大宏，他卻皺著眉頭，不理我們。

白忠雄說：「一百個人。對不對？」

張志明故意以十分誇張的語氣揭曉：「答案是：五個。」

陳玟哇哇大叫：「太誇張啦！」

我覺得很疑惑，到底鯊魚有什麼好吃？張志明說：「那個節目裡，舉出的鯊魚美食有：鯊魚排、魚翅湯、鯊魚肉堡等。」

楊大宏不說話，滿臉嚴肅，感覺他大受打擊，世界上居然有他答錯的題目。張志明安慰他：「沒關係，你只要像我一樣，沒事多看電視就行。」

「老師有說過，看電視時間不可太長。」陳玟反對。而且她似乎想扮演好人，替楊大宏討回公道。她故意高聲問張志明：「換我考你。毒蠍子跟毒蛇，誰比較可怕？」

張志明說：「我不知道，反正我不會同時被毒蠍子與毒蛇咬。誰會那麼倒楣啊？」

陳玟又問：「數學課與音樂課，哪個比較可怕？」

張志明說：「數學不可怕啦。反正我已經看開了，將來不當數學家。」他說最重要的是，他的媽媽也看開了。

陳玟還有最後一題：「我跟你，誰比較可怕。」

張志明答：「這是陷阱題，我不說。」

陳玟笑得很開心：「你答不出來吧，正確答案是你可怕、我可愛。」

她不想輕易放過張志明，又說：「你不過是看了一集電視，懂了些芝麻綠豆大的小知識，沒什麼了不起。人家楊大宏天天讀書，好學不倦。你應該知道楊大宏的書包裡放的是百科全書吧，多有學問。」

楊大宏臉紅了，小聲的修正：「我今天沒帶。」

反正，陳玟認定張志明的書包裡只放著糖果與便當，有時連便當都忘了帶，根本不可能裝進有學問的東西。

「你連作業與課本都常忘了放進書包，倒不會忘記糖果，對不對？」陳玟一說完，張志明立刻大喊：「你是先知！我的書包真的有一包糖果耶。」

原來那是過年時，在白忠雄家開的商店買的，五包有特價。白忠雄還多給他一根棒棒糖當做友情大贈送。張志明翻了翻書包，把棒棒糖拿出來，卻發現手上黏糊糊的，應該是因為放太久了，已經開始融化。

陳玟大聲斥責：「過期糖果，還

吃。」而且她的猜測得到證實，更是滿意：「我就知道張志明的書包裡有糖果。」

張志明也大聲反駁：「有糖果才安全。萬一肚子餓，至少可以吃糖解飢餓。難道肚子餓時要吃百科全書？」

楊大宏聽到這句話，像是大夢初醒，忽然很有精神的說：「張志明，你誤會了。肚子餓的時候，反而不該吃糖果，會越吃越餓。」

可是張志明不服氣的說：「我以前看過一部電影，主角在荒郊野外，餓到頭昏眼花，幸好他拿出口袋裡的糖果來吃，才沒死掉。」

陳玟提醒他：「你剛才不是說，電影裡的情節大多數是假的？」

我問：「肚子餓時，不可以吃糖嗎？」

楊大宏推了推眼鏡，解釋給我們聽：「含有糖的食物，並非成分都一樣。比如有些食物的糖分，是大量的單醣；有些所含的糖，會跟其他元素合成為複合碳水化合物。」

意思是，含有大量單醣的一般糖果，吃下後不但不覺得飽，還會覺得更餓；不但更餓，同時也會覺得疲累。據楊大宏說，這叫做「糖崩潰現象」。

楊大宏指著張志明手中的棒棒糖說：「如果肚子餓時吃下它，就會又餓又累，脾氣煩躁，容易生氣。」

張志明笑嘻嘻的說：「本班脾氣煩躁，容易生氣的人，應該不是我啦。」他還說：「我懂了，原來糖果應該在肚子飽的時候吃，不要等到肚子餓才吃。」

陳玟翻了翻白眼，搖頭說：「我雖然現在沒有吃糖果，卻覺得脾氣開始有點煩躁。」

張志明笑咪咪的說：「你不要糖崩潰啦。」

「咦，既然有糖崩潰，那有鹽崩潰、醋崩潰、辣椒崩潰嗎？」張志明忽然成了好學不倦的人。「我好想看胡椒崩潰啊！」

據張志明的說法，如果這些調味料都崩潰，總名稱應該叫做媽媽崩潰。

不過，看起來，楊大宏的臉已經「崩潰」了，他大叫：「不要亂講。亂講比不講可怕啦！」

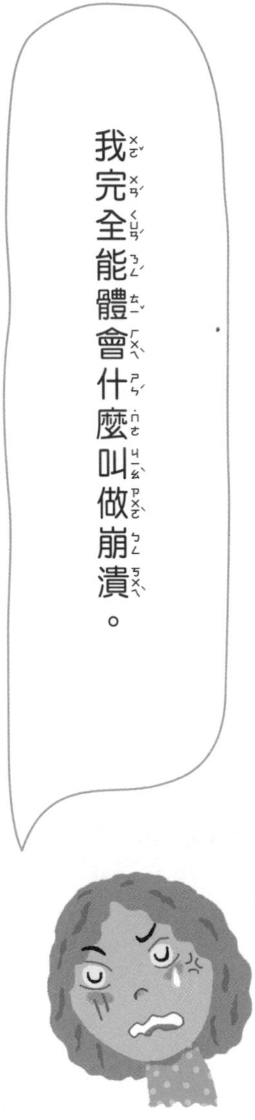

關於糖崩潰

精緻的甜點或糖果容易被分解成單醣，因此會很快被人體吸收，讓血糖瞬間飆高。

胰臟一發現血糖升高，就會分泌大量胰島素讓血糖降低；但當血糖快速降低後，又會使人疲累，覺得飢餓、焦慮，甚至頭痛，這就是「糖崩潰現象」。

而麵包所含的醣與其他元素連結成為較大的分子，需要經過較長時間分解，因此血糖能緩慢且穩定的升高。所以肚子餓時，不應該吃精緻甜點或一般糖果，而是應該吃非精緻加工食物才能真正止住飢餓，提升體力。

5 香菇的真正身分

全校我最喜歡的地方，第一名是生態園，因為可以好好觀賞昆蟲。至於第二名，便是圖書館。張志明下課時也喜歡陪我去借書，不過，那是因為圖書館夏天有冷氣；冬天時，張志明說：「圖書館的櫃子很高，可以擋冷風。」

今天在圖書館借書時，圖書館的故事媽媽誇獎我，說：「《昆蟲大探索》，這是好書，祝你將來成為昆蟲專家。」

張志明也拿著一本食譜想

借。故事媽媽問他：「你對烹飪有興趣？」張志明答：「這本書印得很像真的，看了會肚子餓。」聽到張志明的回答，故事媽媽笑了：「祝你將來成為美食家。」

借書的櫃臺上，擺著一本《窗邊的小荳荳》，故事媽媽把它推薦給張志明，她說：「這本書裡也有講到食物呢。」於是張志明開心的抱著兩本書回教室。

數學課時，張志明把書放在抽屜裡，偷偷翻著。江老師發現了，走過來問：「什麼書這麼厲害，居然讓你放棄美麗的數學。」

「唉。」張志明闔上那本《窗邊的小荳荳》，向老師抱怨：「故事媽媽騙我，這本書裡根本沒有美食。」

江老師看見書名，微笑的拍拍張志明的肩：「這是一本很有意義的好書，我正想介紹給你們。」老師將書展示給大家看，對全班說：「這是日本知名作家黑柳徹子的書，寫她童年時的校園生活，描寫得相當幽默，也很感動人。」

「那美食呢？」張志明仍然惦念著。

老師想了想，恍然大悟的說：「我想起來了。書中有提到，小荳荳讀的這所學校，校長為了提醒學生必須營養均衡，所以會在午餐時間檢查大家的便當，看看有沒有山珍與海味。」

老師說明，山珍是產自陸地上的食物，海味是海裡捕捉到的食物。總之是希望學生們吃到各種食材，營養才豐富多元，不可偏食。

「你們每天吃的東西，有山珍海味，營養均衡嗎？」老師忽然問大家。

白忠雄馬上舉手答：「我的便當裡有肉有菜、有魚有蛋，而且這些我家都有賣喔。歡迎你們帶媽媽來買，我會送一包甜辣醬給你。」

陳玟不落人後，也說：「我媽媽很注重我的成長，所以每日三餐，一定有葷有素，有動物也有植物。」

不過，楊大宏的最奇特，他說他的媽媽每餐準備的食物，都有五個顏色，是為了搭配「五行」。楊大宏還解釋：「五行是金木水火土，對應到食物的五色，是白綠黑紅黃。」

我問：「有黑色的食物嗎？」

張志明說：「香蕉放久就會變黑。」

陳玟大叫：「爛掉的香蕉怎麼可能有營養？況且黑色的食物選擇很多啊，紫菜和黑芝麻都是。」

連吃飯都這麼有學問，難怪楊大宏吃成了有學問的『小百科』。

張志明覺得自己也應該為媽媽盡一份心力，馬上報出昨晚他家的晚餐：「香噴噴的香菇雞湯，有香菇，也有雞肉；有植物，也有動物，很均衡吧。」

可是，老師卻說：「張志明，你誤會了，香菇不是植物。」

咦，難不成香菇是動物？

楊大宏除了五行，還懂「五界」，他馬上代替老師回答這個問題：「地球生物被分為五大界，除了動物界與植物界，香菇是屬於另外一界，叫做真菌界。」

各種菇類菌類都屬於真菌界，比如香菇與木耳。據楊百科

說，目前被生物學家正式記錄的真菌界，多達十二萬種。

原來香菇不是植物，就像看起來很像植物的海葵與珊瑚，其實是動物一樣。大自然真的充滿奧妙。

正當我還在讚嘆大自然生物的奇特時，陳玟跟張志明卻吵起來了。原因是張志明說他今天的便當雖然沒有帶蔬菜，只有一大塊排骨，不過另有蔥花炒蛋，算是有葷也有素，營養齊全。

陳玟卻說：「蔥不是素的，是葷的。這是我一位吃素的阿姨說的，蔥和蒜她都不能吃。」

明明是種在土裡的植物，怎會是葷的？「葷」指的是肉類，不是嗎？

「並非如此，『葷』不是專指肉類。」老師為大家解說：「如果你們查字典，會發現葷這個字的解釋，除了指一般肉類；另一個解釋，就是蔥、蒜、韭菜等具有辛辣氣味的蔬菜。」

不過，老師說明，之所以會這樣嚴格的認定，早期是因為宗教因素。比如因為信仰佛教而吃素的人，認為帶有辛辣氣味的蔬菜不適合清靜的修行，所以不吃。

還有一樣東西，老師說我們常常吃，也是葷的——那就是軟糖。

「軟糖是葷的！」我們都驚叫起來。

江老師笑了：「我第一次聽見時，也嚇一跳。原來製作軟糖的過程中，要加入明膠，俗稱吉利丁；它是由動物的骨頭或皮提煉的。」

真是令人意想不到。

「但是，若依科學上的分類，蔥是植物，所以張志明的蔥花蛋，的確含有植物也有動物。可惜，植物太少了。」老師說願意送一顆小番茄給張志明，增加營養。

楊大宏對植物的研究也很周全，他說：「多吃植物不但增加營養，而且，地球上有太多可吃的植物，比可吃的動物多。」楊大宏說地球上大約有三十五萬種植物，人類可食用的有八萬種。可是，真的已被人類選用來吃的，大約只有七千種。等於可食植物中，我們只吃了百分之一，好浪費啊。

陳玟搖搖頭說：「尤其像張志明，只吃了一點蔥花，大概是萬分之一。」

張志明晃了晃手中那本《窗邊的小荳荳》，說：「我倒是知道今天我家晚餐有山珍，也有海味。因為昨天香菇雞湯沒喝完，今天會繼續吃。」

陳玟說：「香菇跟雞肉，都來自陸地，全是山珍才對。」

張志明的理由是：「可是我媽有加『海鹽』，是海味啊。」

關於生物分類

地球生物豐富多樣，當然不會只有動物與植物兩種。生物學家根據生物特徵從高到低共分為八個階層：域、界、門、綱、目、科、屬、種。階層越高，包含的生物種類就越多。

例如人類是：真核生物域→動物界→脊椎動物門→哺乳綱→靈長目→人科→人屬→智人種。

在「界」這一層，目前生物學家將地球上的生物分為五大界：原核生物界、原生生物界、真菌界、植物界、動物界；香菇便屬於真菌界。

6 一直站著累不累

雖然我們班練習得很勤快，然而，非常不幸的，本班在學校舉辦的「基本動作比賽」中，還是沒得到前三名。

班長陳玟滿臉憂傷的說：「沒想到上天並沒有獎勵努力的人，天地同悲啊。」

江老師安慰大家：「這點小挫折，天地不會同悲，反而會為了你們的齊心努力而感動。」說完，老師還盯著張志明，笑容可掬的說：「令我最感動的是，張志明剛才比賽時，居然沒有同手同腳前進，走得很正常。」

張志明在練習時，十分神奇，會自動變身為機器人，同手同腳走路，連他自己都覺得奇怪。聽見老師表揚他，他也笑了：「這種比賽不適合我啦。」

「不會啦，你很適合參加走路比賽。」陳玟立刻接話。

張志明又笑了，張大眼睛說：「居然被班長誇獎，難道今天是愚人節？」

陳玟瞪他一眼，馬上解釋：「請注意，我不是在誇獎你，是在諷刺你。」陳玟詳細說明：「我故意說你走路快，其實是在諷刺你常常被老師罰走路，所以練習多、進步多。」

每次張志明忘了交作業，老師便罰他不准下課，幫老師送

簿本到辦公室，或走到離教室很遠的總務處領東西。

白忠雄舉手表示意見：「被罰走路，有益身體健康。我贊成老師這種處罰的方式，比罰寫作業好。」

陳玟很不高興的否定白忠雄：「應該是根本不要被處罰比較好吧？」

張志明卻說：「沒關係，老師。如果我忘了交作業，您可以繼續罰我走來走去。讓我走得很累，以表明我很後悔。」

老師搖搖頭，說：「我並不想讓你太累。今後，改成罰你站在教室後面，聽我上課好了。」

「不行！」陳玟非常不滿。她說：「這樣就太便宜張志明了。罰他一直站著，可輕鬆了。還是讓他去走個沒完沒了，走得很累以後，才知道認錯與改過。」

張志明不在乎的說：「不管是走路與站著，我都可以接受。」

我是很好相處的人，一點都不挑剔。就連陳玟諷刺我，我都沒臉紅。」

「你根本不會臉紅，因為你臉皮厚。」陳玟說得激動，臉都紅了。

不過，楊大宏發表的看法卻讓全班嚇一跳。因為他說：「你們都誤會了，其實一直站著比較累，比走路還累。」

我們齊聲大喊：「怎麼可能？」

老師聽了，好像想起什麼，點點頭說：「好像有道理。比如我上課時一直站著，如果連續站了三節課，真的好累啊。」

張志明很有研究精神，還建議：「不如，下節課我們就站

著上課。再下一節課，去操場散步，就可以比較到底站一節課比較累，還是走一節課比較累。我是為了科學犧牲喔。」

「你是為了逃過數學課與英語課吧。」陳玟說完，還指出這個建議犯了嚴重的錯誤：「站完以後再走，不就累上加累。」她大大的搖頭：「幸好張志明沒有打算當科學家。這種建議，太不科學了。」

楊大宏推推眼鏡，一副小小科學家的模樣：「這是我在人體小百科讀到的，原因並不複雜，我來解釋給大家聽。」

楊百科說：「站著不動時，重量集中在腳底，久了有壓痛感。加上一動也不動，血液循環變慢，腿也會覺得麻木，於是產生疲憊感。」

而走路會一腳緊張、一腳放鬆，輪流交替，反而比一直站著輕鬆多了。

聽完這個複雜的解釋，我們都嘆了一口氣：「站著不動，竟然比較累。」

「所以我們要珍惜學校舉辦的基本動作比賽，讓我們一直走路，才不累。」張志明的這個領悟，聽起來怪怪的。

楊大宏還有補充：「走路時，同手同腳，會比正常的方式耗費更多能量。所以，人不該同手同腳走路，太辛苦了。」

張志明卻說：「原來我同手同腳走路，是因為我懂得吃苦。」

楊大宏不同意，他說：「你再怎麼懂得吃苦，還是比不上斑馬。牠們一天走二十多個小時，一天大概只睡三小時。」

楊大宏接著告訴張志明：「你還有一點比不上斑馬，牠出生後，大約二十多分鐘便能站起來，接著便開始練習，很快就能走路。」

「哎呀，我比斑馬好多了。我不但會幫老師搬東西，還大方的接受老師對我的處罰。」張志明還對江老師發誓：「我下次一定記得寫作業。」

江老師說：「看來，張志明還有一點比斑馬好，會發誓。」

可是，陳玟不想放過張志明，她提醒老師張志明的這句誓言有陷阱：「下次記得，不代表這次會記得啊。」

關於站著也會累

英國運動健康研究所首席顧問羅斯茂（Mike Loosemore）在英國國家廣播公司BBC的《今日》節目上說：「只要一天站三小時，一週五天，消耗熱量等同於一年跑十次馬拉松。」因為站著，雙腿上的每塊小肌肉，及全身肌肉都在支撐全身的體重，所以需要消耗大量的熱量。這就是為什麼我們去逛美術館或博物館時，明明沒走多少路，卻覺得很累，因為站立的時間很久。

1 才不是哥倫布

由於昨天楊大宏宣布，今天中午會請大家吃披薩，所以今天一早，大家便充滿期待的等著。張志明昨天還問：「是因為你生日嗎？」結果楊大宏搖頭否認。

只要是跟上課無關的事，張志明都很關心。因此他不斷的追問楊大宏：「既然不是幫你慶生，為什麼請大家吃披薩？」然後還自言自語的回答：「莫非今天是披薩大特價日？還是日行一善日？」

陳玟也很好奇，問楊大宏：「到底為什麼突然請我們吃披薩？你不說清楚，我可不敢吞下肚。我有拒絕來歷不明食物的權利。」

張志明對陳玟說：「我有幫你吃的權利。不如將今天訂為『幫忙吃披薩日』吧，如果想請我幫忙喝飲料，我也樂意。」

楊大宏揭曉了結果，原來與任何紀念日都無關，而是「我媽媽參加的烹飪研究會，今天練習烤披薩，但是她們自己不吃，想減肥。」

「什麼，竟然是想讓我們肥！」陳玟大叫。

可是，老師說：「這樣看事情的角度太負面了。應該說，楊媽媽練習的美食產品，心中的試吃者首選是我們，多幸福，真是令人感動。」

張志明站在老師這一邊，也說：「謝謝楊媽媽，知道小孩喜愛披薩又吃不胖的人生大道理。」

陳玟嘟起嘴：「這才不是大道理。」她又說：「我本來以為今天是什麼了不起的紀念日呢。」

楊大宏小聲說：「想訂為本班的披薩日也行，我可以和我媽媽商量每年的這一天，都請大家吃。」

陳玟反對：「紀念日要有意義，通常是為了感念某個偉人。本班披薩日，難不成是為了感念最愛吃披薩的人嗎？」

「那不就是我嗎？」張志明笑咪咪，「那就訂為張志明日吧。」

陳玟大喊：「你是哥倫布，有發現新大陸嗎？美洲部分國家有哥倫布日。『張志明日』，是要紀念張志明發現了什麼？」

正當張志明準備發表他的偉大發現時，江老師居然大大的搖頭，說：「你們都誤會了。如果哥倫布在世，他一定大叫：不要有哥倫布日！」

為什麼呢？老師為全班上了一課。

多數的美國歷史課本，往往寫著：「1492年，出生在義大利的哥倫布，接受當時西班牙女王的贊助，出海遠航，發現了美洲新大陸。」所以，為了紀念這位在課本上被形容為「英勇的、冒險的」英雄，便將他發現新大陸的這一天，也就是十月十二日，訂為「哥倫布日」；其他國家比如義大利、西班牙，也分別將這天訂為「全國哥倫布節」、「西班牙裔日」。

後來，紀念日的日期又改為十月的第二個星期一。

老師說：「不過，越來越多的人卻對哥倫布這個人有了新的評價。因此，已經有一些國家或地區，不再視他為英雄，反而改為：在這一天，不要忘記哥倫布帶來的傷害。」

而且美國目前已經有十個州將這一天，改為「原住民日」，而非哥倫布日。而西班牙也有民意代表，建議早日拆除放在西班牙熱鬧城市中的一座巨大哥倫布雕像，不再歌頌他。

「可是，至少哥倫布有發現新大陸，這是事實啊。許多歷史故事書裡都這樣寫。」陳玟張大眼睛，一副不可思議的樣子。

我也曾經在書上讀過這一段。

老師解釋：「有不少書已提出證據，證實早在哥倫布之前，就有太多人登陸美洲這塊土地，哥倫布絕對不是第一個發現美洲新大陸的人。」

有些證據顯示非洲人、北歐人，甚至有亞洲人，比哥倫布更早以前就到過美洲，並在那裡生活。

而且，老師還說，最受爭議的，並不只是「到底是不是哥倫布首先發現新大陸」這件事，而是，根本不該紀念哥倫布這個人，因為他離我們認定的「英雄」二字，實在太遙遠了。不少文獻資料揭穿了他只是個想發財，且無情迫害美洲原住民的人。

「他到美洲後，將原本在美洲大陸住得好好的原住民當做財產，視那些原住民為奴隸來進行買賣。」聽到老師這樣說，大家都哇哇叫，覺得好可怕。

因為哥倫布帶著武器登

陸，所以當時生活簡樸的原住民，根本無法抵抗。

而且，哥倫布航海遠行的目的，也不是浪漫的「增廣見聞、擴充視野」，其實是為了發財，他尤其熱愛黃金。更妙的是，當時他一直認定，他到的地方是印度，滿腦子想要取得那個時期大家最熱愛的香料：胡椒。

「好壞！」我不禁大喊。「歷史課本應該更改過來，別再寫哥倫布發現新大陸，而且要把他列為罪人才對。」

江老師點點頭，然後又搖搖頭，說：「許多時候，歷史是勝利的人或是有權力的人寫的。也可能有錯，可能被扭曲或簡化。不過，誰也無法說，哪一本書才是最正確的。」

那該怎麼辦？

「所以，最好別太快下定論，認定一件事必定是誰對誰錯。

哥倫布到底是好人還是壞人，有點複雜，很難以二分法來確定。」老師補充說：「只是，當年這些外來的侵略者對當地原住民造成傷害，這一點是無庸置疑的。比如外來者身上帶來病毒，而原住民因為沒有抗體，因此造成大量傷亡。」

難怪，現在的美國原住民，會在「哥倫布日」這一天，舉辦遊行活動，抗議他們被號稱「發現者」的哥倫布迫害。

江老師最後說：「所以我才說，如果哥倫布在世，可能不想被提起，被討論他究竟有功勞、還是個壓迫者吧？！我猜，當初他不過只是個想賺錢的人。想發財這件事，倒沒有絕對的對與錯。」

張志明嘆了一口氣，說：「哥倫布從英雄變成貪心的商人，大人真的好複雜。」他又說：「不過，今天還是可以叫做：發現披薩很好吃日，這一點絕對沒錯。」

我的出生地也來自義大利，跟哥倫布是同鄉；我為全世界帶來美食，貢獻大多了。

關於哥倫布與美洲原住民

自從哥倫布的傳奇事蹟逐一被檢驗，英雄形象繼而破滅後，許多人已不再視他為「第一個發現新大陸的英雄」。而另一個負面的「第一」反倒被指出來。哥倫布是第一個將美洲原住民當做奴隸，送回歐洲的人，且運送過程中，造成大量原住民死亡。難怪美國有些州已將哥倫布日改為原住民日，像是 1991 年加州的柏克萊市就是全美第一個這樣做的城市。

8 這種神聖誰想要啦

作文課一向是我們班最熱鬧的課，因為有些人是作文大王，一看到題目就低頭寫，可以寫滿三大頁，比如陳玟；有些人則是發呆大王，不論什麼題目都低頭想，想了整整一節課，才只寫出了題目，比如張志明。所以，江老師總是先花半節課，讓大家盡情討論，以激發同學的創作靈感。

今天的作文題目是「意想不到的一件事」，江老師在黑板寫好這些字，便輕鬆的說：

「這個題目應該很好寫吧？」

老師的意思是，人生中常有意想不到的時候，是普通經驗，不難寫。

我們班的作文大王馬上說：「太容易了，我有五件事可以寫，簡單。」

發呆大王居然也說：「太容易了，我有五件事可以寫，簡單。」

陳玟很難得的發呆了，她轉頭問張志明：「你寫得出來？我不相信。」

張志明得意洋洋的報告：「我意想不到的事太多了，不只一件。比如……」

正當全班都放下筆，準備專心聽他講時，張志明又忽然露出神祕的笑容：「我才不說呢，以免被你們偷走我的靈感。」

陳玟恢復正常，大吼一句：「你的靈感一點都不神奇，誰稀罕？」

於是，張志明被陳玟的激將法給惹火了，大聲的說出他準備寫的五件事。分別是：原來有些巧克力不好吃，意想不到；有一天他看見兩道彩虹，然後摔一跤，真意想不到；有一天下雨，卻忘了帶傘，一出門雨卻停了，真意想不到；還有，在電視上看到一隻烏龜爬得很快，意想不到。

他的最後一項則是：沒想到蜘蛛不是昆蟲，真意想不到。

聽完他的意想不到，楊大宏猛搖頭，說：「連蜘蛛不是昆蟲都不知道，真意想不到。」

張志明拍拍我的肩，辯駁說：「因為我不是昆蟲專家張君偉，所以對昆蟲很無知啊。我只知道有些昆蟲可以吃，真意想不到。」

聽他這麼說，我馬上有靈感了，舉手向老師報告：「我想到作文材料了。」

江老師問：「跟昆蟲有關？」

我點點頭說：「被古代埃及人奉為早晨太陽神的聖甲蟲，牠的真實身分，其實讓人意想不到喔。」

楊大宏舉手說：「我知道，但是我會忍住不說。有部電影名叫神鬼傳奇，影片中有一幕就是大群聖甲蟲把人吃掉的可怕

景象。」

女生們全都尖叫了起來。

張志明說：「聖甲蟲一定很厲害，很巨大吧，我猜一定是鍬形蟲或獨角仙。」

江老師雖然也是女生，但是她沒有尖叫，很鎮定的請我繼續報告。

我便將之前在書上讀到的資料說給大家聽：「張志明誤會了，聖甲蟲並沒有很巨大，牠不是鍬形蟲，更不是獨角仙。」

答案真的讓人意想不到，因為聖甲蟲居然是喜歡推便便的糞金龜。

為什麼糞金龜會被當做聖甲蟲，可能是跟牠的生活習性有關。據昆蟲專家法布爾先生

在書上說的，早在六、七千年前，古代埃及的農人，在春天耕種洋蔥田時，常看到又肥又黑的糞金龜，忙碌的向後滾著一顆圓球。古埃及人把這個現象，想像成是「推著太陽」滾動，所以認為糞金龜是神聖的、有如早晨的太陽神一般的聖甲蟲。

又因為糞金龜幼蟲在糞球中孵化，古埃及人以為牠們返老還童，再度重生，這一點與他們追求永生的觀念相同。因此古埃及人把聖甲蟲視為神聖的護身符，死後的木乃伊的棺槨中也會放入聖甲蟲，作為保護之用。

張志明一面聽，一面吐舌頭說：「果然讓人意想不到。明明是臭兮兮的糞金龜，卻被取了一個神聖的外號。」

我糾正張志明：「糞金龜不臭啦，牠向後努力滾便便球的動作，好可愛呢。」我還舉例強調：「有一次，我邊吃洋芋片，邊看糞金龜製作便便球的影片，實在太有趣了，不知不覺就把整包洋芋片吃光光。」

張志明說他以後吃洋芋片應該都會想到便便，太可怕了，真讓人意想不到。

江老師說：「有句俗話說：英雄不怕出身低，如果用來形容糞金龜，好像挺適合的。就算是整天做便便球、推便便球，也可能搖身一變，成為神話故事裡的聖戰士。」

張志明大叫：「不要再加深我的印象啦！」

楊大宏也忍不住，舉手補充：「不過，另一件意想不到的事是：雖然我

們看不起便便，但是對糞金龜而言，它們是珍貴的美食，與養育後代的寶物。於是，有時候，壞心眼的糞金龜，還會半路搶劫別人的便便球。」

「沒錯。」我也加入討論：「還有更狠的，有的糞金龜會假裝好意，要幫忙推便便球，卻推著推著，推回自己家大快朵頤。」

老師前天才剛教了「大快朵頤」，就是吃得很滿足、很開心的樣子，正巧可以應用上。

張志明好像崩潰了，大喊：「大快朵頤便便球，這下子，我連午餐都吃不下了。」

關於聖甲蟲

2018年，在埃及的烏瑟卡夫金字塔（King Userkaf）邊緣，首次在這裡發現罕見的聖甲蟲木乃伊及雕刻品。有些棺木還以畫著聖甲蟲的紙張來密封，代表內容物沒有被人觸碰過。古埃及十分尊奉聖甲蟲，認為代表太陽神「拉（Ra）」，也有象徵著「重生」的宗教意義。

9 印度人哭哭

每週二的第一節課下課時間，張志明都會愁眉苦臉，不太想出去玩，原因我知道，因為第二節是數學課。

張志明皺著眉頭說：「我討厭數學。」

我提醒他：「你也說討厭國語、討厭英文、討厭自然，連音樂課你都討厭。」

他大大的嘆口氣：「我是苦命的孩子。」

我和楊大宏想為他打氣，於是，楊大宏說：「我來說個跟數學有關的趣聞吧。」

張志明一臉勉強的打起精神，準備聽笑話。

「買一頭羊要一千元，那麼，三頭羊要多少錢？」楊大宏很正經的說笑話。

張志明翻了翻白眼：「不好笑，因為世界上沒有三頭羊。」

楊大宏忘了這是冷笑話，還辯解：「說不定基因突變就會有啊。」

我則苦心的勸張志明：「如果沒有數學，你就不知道一天要吃幾餐？」

「為什麼？」他們兩個一起問。

我說：「一天要吃三餐。三是阿

拉伯數字，跟數學有關啊。」

張志明大吼：「我最氣阿拉伯人啦，發明阿拉伯數字，害我要上數學課。」

「你誤會了，阿拉伯數字是印度人發明的。」楊大宏上起數學的歷史課。張志明好奇的問：「為什麼阿拉伯人要偷印度人的發明？」

「其實並不算偷。」楊大宏解釋：「只因為當時印度人很少有機會前往歐洲，因此他們發明的數字啦、算術啦，只能由在各國間做生意的阿拉伯人流傳到其他國家。因此，被誤以為是阿拉伯人的發明。」

張志明想了想，好像對阿拉伯數字有點信心了，他說：「其實有阿拉伯數字也不錯，否則，如果媽媽叫我去買三碗麵，我總不能對老闆說：『我要買麵、麵、麵。』」

接著，他開始玩起「沒有阿拉伯數字」的遊戲，指著我的上衣說：「你的衣服有口袋、口袋。」又說：「你有眼睛、眼睛，鼻子，鼻孔、鼻孔……」

陳玟正好經過，張志明對著她數手指頭，說：「班長，你今年一歲、一歲、一歲、一歲……」

陳玟大吼：「上課了，別吵。」

張志明笑嘻嘻的說：「我是在歌頌阿拉伯數字。而且，它們是印度人發明的喔，你知道嗎？」

陳玟瞪他一眼，說：「誰不知道！我還知道泰國菜的月亮蝦餅並不是泰國發明的。傻瓜這個詞，是為了張志明而發明

的。」

江老師走進教室，聽見陳玟的說法，制止陳玟：「你別忘了本班的班規，別傷害同學的自尊。」

張志明無所謂的聳聳肩，向江老師報告他的數學新知：「我剛才學到數學的最大奧祕。今天我數學的學習量已經飽和到滿出來，不必再學新的了。」

江老師被逗笑了，說：「你現在越來越會使用高級的詞語說話，這一定是陳玟的功勞。原來，我讓你坐在陳玟的前面，是一項偉大的『發明』。」

「老師，這不算發明啦。」陳玟不滿意。「應該是義大利人發明義大利麵、丹麥人發明丹麥麵包，這才是對世界有貢獻的發明。」

老師卻說：「你誤會了，義大利麵的做法，最早可追溯到數千年前的中國。而表皮香酥的丹麥麵包，卻是維也納的一位主廚發明的。」

楊大宏也補充：「更有名的例子，是美國人把薯條叫做：法式油炸（French Fries），可是，薯條卻不是法國人發明的，是比利時。」

老師想了想，對這個說法抱著懷疑的態度：「法國人說，薯條是在十八世紀末時，由法國新橋區的路邊攤販發明的。而比利時人說，早在十七世紀，他們就有炸薯條了。為了爭取這項發明的擁有權，比利時還向聯合國教科文組織，提出申請，想極力爭取。」

我們都好奇：「哪一國贏了？」

老師回答：「至今為止，聯合國仍無法下定論。」老師還說，比利時人堅信自己才是發明薯條的人，也蓋了薯條博物館來證明自己很在乎這件事。

張志明的意見是：「我有點想去比利時薯條博物館，那裡應該可以免費吃薯條吃到飽。」至於數學博物館，他說：「留給楊大宏去免費『算到飽』。」

我提出我的疑惑：「老師，明明是印度人的發明，卻被阿拉伯人搶走，印度人不生氣嗎？」

老師說她想聽聽我們的看法。

我覺得如果我是發明者，卻被搶走功勞，應該很氣憤。

白忠雄則說：「要看看這種發明能不能賺錢？如果有，當然要搶回來。」

「沒錯，所以現代人已經知道，如果發明好用的產品，必須趕快去申請專利。」

聽到老師的提醒，張志明立刻有點子：「我可以申請不喜歡數學的專利，讓全世界不喜歡數學的人，都能得到安慰。」

老師笑了：「喜不喜歡，又不是發明，無法申請專利。而且，比你更不喜歡數學的人，早在古代就有，還很嚴重呢。」

江老師說，中世紀時期的東羅馬帝國，有位查世丁尼大帝，很氣數學，在他公布的法典裡，居然有一條：「騙子和數學家都要取締。」

大家都笑了，張志明還說：「看來這位皇帝可能是小時候被數學考試氣壞了。我們都是苦命的數學受害者。」

老師把話題拉回發明這件事，說：「歷史上的許多發明，如今早已分不清究竟誰是第一個。我認為不少發明，應該是不斷改進的結果。」

最後，老師舉例：「比如，我相信總有一天，我會發明出如何讓張志明愛上數學的方法。」

張志明很熱情的附和老師：「我願意全力幫助您。讓我們先上一節遊戲課吧，這樣我以後才能假裝數學就是遊戲。」

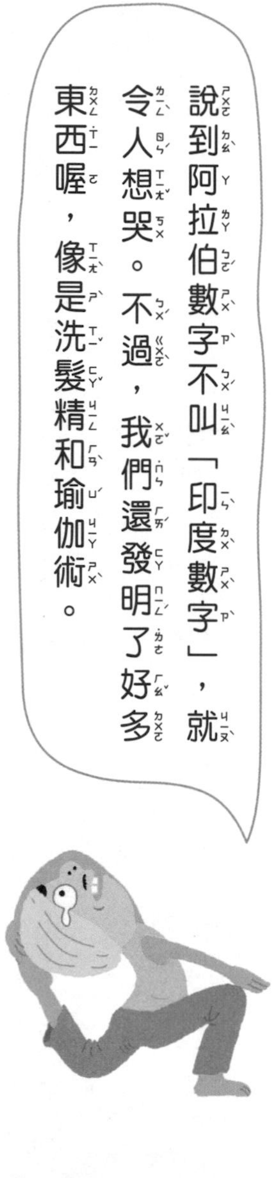
說到阿拉伯數字不叫「印度數字」，就令人想哭。不過，我們還發明了好多東西喔，像是洗髮精和瑜伽術。

關於薯條

薯條的英文有兩種說法，美國是說 French Fries 或 Fries；英國則說 Shoestring fries 或 chips。比利時人認為薯條的英文之所以叫「法式」油炸，是因為在第一次世界大戰時，美國士兵來到比利時的「法語區」吃到薯條，聽到那個地區的人講法語，才誤以為自己身處法國，因此誤認薯條是法國的發明。

10 要不要塗口紅

由於我是班上的文化股長，必須負責教室布置。開學後，我以「侏羅紀時代」為主題，畫了許多恐龍，貼在教室各個牆面。本來，同學們覺得不錯，連張志明都發表他的藝術評論說：「暴龍畫得很像暴龍老師，眼睛凶凶的。伶盜龍畫得很像陳玟，眼睛……」

正巧陳玟路過，張志明連忙說：「伶盜龍好可愛喔。」

可惜，江老師認為，教室布置應該要適時更換，不可以整學期都一樣，所以，她建議下個月換一個新的主題。

在班長陳玟的帶領下，全班展開熱烈的討論。

白忠雄主張：「主題改為水果好了，我家正好有許多水果月曆，可以拿來貼。」

葉佩蓉說：「我覺得主題訂為浪漫的公主很不錯，有白雪公主、美人魚公主、青蛙公主。」

咦，不是青蛙「王子」嗎？

葉佩蓉瞪我一眼，說：「你歧視女生。難道世界上不能有青蛙公主、白馬公主、快樂公主、忍者龜公主？」

張志明也贊成：「還可以加上榴槤公主、豬血糕公主、臭豆腐公主，都很香。」

「你才是臭豆腐王子哩。」葉佩蓉很生氣的說。

楊大宏則說：「為展現本班的學術風氣，主題可訂為世界之最；我可以幫忙找資料。比如有最高的山、最深的海、最長壽的人。」

這個主題聽起來很厲害，全班都同意。

於是，江老師指定楊大宏當我的顧問。張志明也自願當助手，原因當然是因為不必參加朝會。

我想了很久，決定要有創意，不做那些太普通的內容。最高的山、最深的海、最長壽的人，大家都聽膩了。

楊大宏想了想，也點頭：「對，我們要突發奇想，出奇制勝，把大家嚇一跳。」

張志明雙眼發亮，一副神祕的樣子，馬上有答案：「我最懂嚇人了。」根據他的說法，可以找他的叔叔幫忙，拍攝臺灣蛇類照片，保證嚇死人。

可是，我們有點不信任張叔叔。三年級時，本來科學展覽就是要做嚇死人的蛇類研究，因為張志明說他叔叔在賣蛇，可以去找他，說不定還能喝到免費的蛇肉湯。後來才知道，張叔叔非法偷賣蛇，被取締了。

張志明再接再厲，繼續貢獻他的智慧：「不然，就畫木乃伊，也很嚇人。」

我提醒他，教室布置必須有創意，而不是為了拍恐怖片。

「創意？那很容易，就畫世界上最醜的東西，絕對讓人意想不到。」張志明說他有好多靈感，像是「最醜的衣服、最醜的拖鞋、最醜的書包、最醜的碗。」他還拍胸脯保證：「這些我家都有。」

不過，楊大宏嚴肅的投反對票：「我們每天坐在教室，四周被各種『最醜』包圍，這樣好嗎？」

我也說：「張志明的提議有創意，卻不實際。就像大家常常說：外表不重要，內涵比較重要，可是，我媽媽還是一天到晚數自己有幾根白髮？然後哇哇大叫。」

接著，我們開始出賣各自的媽媽；張志明說他媽媽每天要敷面膜，楊大宏說楊媽媽是名牌化妝品的白金會員。最後，我們的主題終於確定了：最會化妝的動物。

楊大宏馬上想到：「螃蟹、昆蟲與鳥類挺會打扮的。」

可是，楊大宏也說：「這些生物愛美的理由，跟人類不同。通常牠們是為了生存或求偶。」

楊大宏還翻開動物小百科給我們看，有一種叫做「胡兀鷲」的鳥，會用富含鐵的土壤摩擦頭、脖子和臀部，讓羽毛看起來有紅紅的色澤。

張志明說：「跟女生擦口紅一樣的道理。」他又想到：「我在動物園看到一大群紅鶴，紅色的羽毛很漂亮。牠們也是會打扮的動物。」

但是楊大宏說：「你誤會了，紅鶴不見得是紅色的，也有可能一輩子都是白色。」

紅鶴原本是白色的，剛出生的小寶寶顏色是白中帶灰。後來因為吃了富含胡蘿蔔素的蝦蟹，以及浮游生物的甲殼素，所以羽毛才會出現紅色。所以，

如果紅鶴一生中都吃飼料，而不是含有蝦紅素的食物，羽毛就不會變紅。

張志明說：「真可惜，我本來覺得牠很像在身上塗腮紅呢。」

「對了！還有達氏蝙蝠魚。」楊大宏一邊翻著書，一邊說明：「牠又稱為紅唇蝙蝠魚，有四隻腳，只能在海底行走，不會游動。」他指著圖片給我們看：「像不像塗著口紅？」

我和張志明看了圖，一起尖叫：「太醜了！」

楊大宏闔上書，也說：「唉，牠雖然像是塗著口紅，有精心打扮，不過好多人將牠列入最醜的魚之一。」

張志明有了偉大的發現：「所以，有塗口紅不一定會變美，說不定反而更醜。我要告訴我媽媽。」

「你如果這樣對她說，下場會變得很醜的應該是你吧。」我好意的提醒張志明。

張志明還是滿臉的疑惑：「女生為何愛塗口紅？」

楊大宏拍拍張志明：「你又誤會了，愛美是人的天性，古時候的人，不論男生或女生，都有塗口紅的歷史呢。」

楊大宏還有一招：「如果想勸人不塗口紅，可以詳加分析：口紅中通常含有鉛或重金屬，對人體有害，說不定會讓塗口紅的人感到害怕。」

但是，楊大宏又說，如果楊媽媽一面塗口紅，一面瞪著他，感到害怕的人應該是他自己。

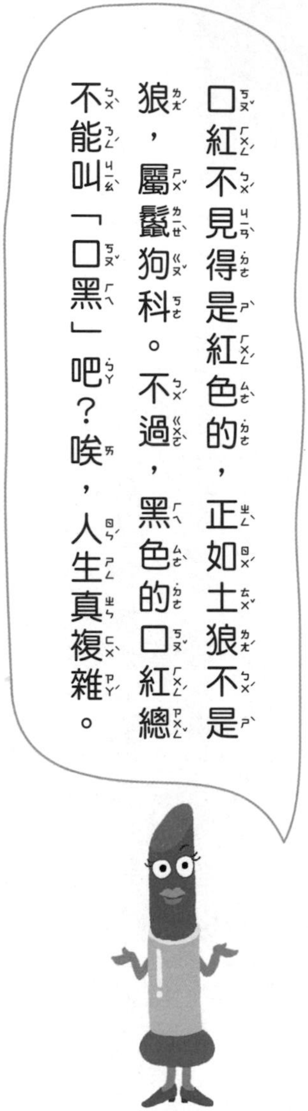
口紅不見得是紅色的，正如土狼不是狼，屬鬣狗科。不過，黑色的口紅總不能叫「口黑」吧？唉，人生真複雜。

關於古埃及的口紅

古埃及時代，不論男生或女生都愛打扮，會戴假髮、穿長袍與化妝。當時一般的化妝品主要是用煤灰與礦物製成，更因為這時期的紅色，被認為是王室的顏色，所以「塗口紅」被視為是上流社會的象徵。

被稱為「埃及豔后」的克麗奧佩脫拉七世，還將紅色的甲蟲碾碎，加上一種螞蟻的蛋，調配出黃褐色的口紅，引起當時許多貴婦人模仿呢。

11 人類限定

今天是個特別的日子，不需要媽媽催我，我便自動起床；不需要爸爸催我，我便迅速吃完早餐，背好書包準備上學。一切只因為學校要讓我們看電影。

媽媽搖頭說：「平時我帶你去電影院，你可沒這麼興奮。」

和同學一起看，就是不太一樣嘛。至於哪裡不一樣，我也說不出來；可能是因為張志明總會說出讓我哈哈大笑的結

論吧。

例如，上次我們在教室看「清秀佳人紅髮安妮」，影片中的女主角安妮，從小就不喜歡自己滿頭紅髮。但是張志明卻說：「紅髮才好，因為蜜蜂不會在紅色頭髮上跳舞。」

「真的嗎？」我們轉頭問本班的小百科楊大宏。楊大宏有點心不甘情不願的回答：「工蜂是紅色色盲，看不見紅色。」

陳玟不滿意：「看不見紅

色，不代表不會飛過去叮一口。」

正當楊百科想繼續為大家解說蜜蜂的特性時，張志明又轉移話題了：「演安妮的那個人，跟我們班某個女生長得很像喔。」

結果大家一整天都向他追問長得像誰，但是他一整天都神祕兮兮的說：「我發誓我會保密。」

這次學校讓我們欣賞的電影是一部動畫片，情節是一群玩具的冒險，緊張又刺激。結局有點可憐，我發現不少女生邊看邊擦眼淚。電影結束，全班走出視聽教室時，連張志明都默不作聲，似乎也忘了搞笑，沉浸在感人的劇情裡。

進教室後，我看到江老師的鼻子也紅紅的，應該也是被情節感動。張志明卻又恢復正常，大叫：「電影中的主角，那個帥氣的西部牛仔，長得很像我們班一個人喔。」

我們當然又馬上問：「誰？」

結果他說：「當然是帥氣的我啊。」

陳玟對他翻了個大白眼，有點不屑的說：「難道帥氣在字典裡的解釋，是傻氣與惹我生氣嗎？」說完，又翻一個更大的白眼。

張志明沒生氣，笑咪咪的說：「我家小狗也認同我很帥氣，牠從來不會對我翻白眼。」

楊大宏走過來，推了推眼鏡，指出張志明的錯誤：「你大大的誤會了。地球上的生物，只有人類會翻白眼。」

張志明立刻對楊大宏翻白眼，說：「謝謝。」

楊大宏恨鐵不成鋼，繼續教導帥氣的張志明：「人類也是地球上唯一會臉紅的動物。」

張志明沒有臉紅，仍然笑嘻嘻的說：「謝謝你的大恩大德。」

楊大宏還有大絕招：「人類是唯一可以用大拇指去摸同一隻手無名指和小指的動物。」

他一說完，我們都趕快用大拇指摸摸小指與無名指，大喊：「我可以耶。」

張志明又問：「還有嗎？」

楊大宏沒辜負大家的期望，又說：「地球上有長鬍鬚的動物中，只有人類的鬍鬚會一直長個不停。」

原來如此，所以人類才需要刮鬍刀。

最後，楊大宏以這句話作為結尾：「人類也是唯一有下巴的動物。」

陳玟還是有點不屑的樣子問：「有下巴能做什麼？」

張志明卻說：「有下巴，才能摸著下巴說：『我是唯一有下巴的動物，快來拜我。』」

「拜什麼拜？你又不是神，是討厭鬼。」陳玟說完，卻忍不住也摸了摸自己的下巴。

聽完這麼多的「人類限定」，江老師勉勵我們：「你們作文簿中常寫的：人類是萬物

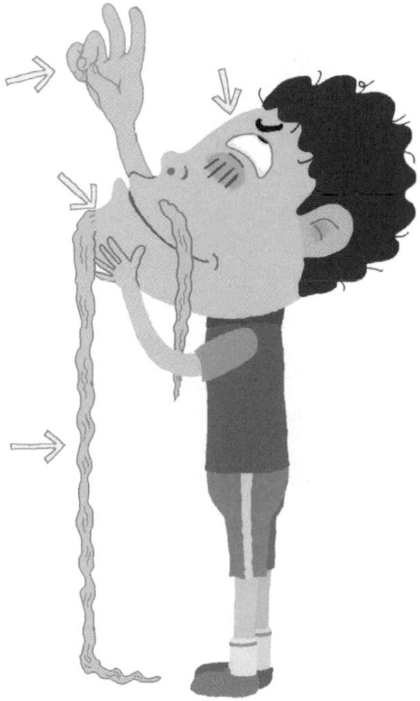

之靈，現在知道人類果然很特別吧。」

張志明嘆氣說：「老師您說的雖然沒錯。可是，有些地方，人類還是比不上其他動物。比如，我家小狗不會罵我『討厭鬼』。」

「這是為你好，我是為了刺激你，讓你改進，變成真正的大帥哥。」陳玟以一種十分溫柔的語調說。

張志明舉手報告：「人類是唯一會說酸話、故意諷刺別人的動物。」

江老師不理張志明的報告，轉而請大家報告剛才看電影的心得。白忠雄的重點是：「這部電影應該是花了很多錢拍的，有許多特效。比如有主題曲，很好聽。」

主題曲哪算特效？有爆破鏡頭才是吧！不過，江老師點頭說：「很好，你聽得很仔細，也注意到每部電影的幕後需要花錢與花時間、心力。」

葉佩蓉的心得大家都同意，她說：「編劇很懂得觀眾心理，有抓住人心，所以我看到最後哭了，流了不少眼淚。」

接著，老師指定楊大宏發表。他想了很久，才說：「人類一生中，會流六十五公升眼淚。如果用一百毫升的養樂多空瓶來裝，可以裝滿六百五十個。」

陳玟摸著下巴說：「這一點跟電影有什麼關係？」

楊大宏很難得的翻了翻白眼，說：「人類是會隱藏真正想法的動物。我的心得是：『我不想說。』」

下課時，楊大宏終於偷偷向我洩漏他的心得：「這部電影我已經看過三遍，每一次看完都有哭。」

據說科學家仍然研究不出為何人類需要下巴？我告訴你們，如果沒有下巴的話，你們就不能說別人有「雙下巴」了啊。

關於翻白眼

翻白眼，指的是將眼珠往上，露出大量的眼白。眼白能讓別人容易追蹤你的目光，看到你的眼珠是很專心在凝視，還是斜斜的、呈現很不屑的樣子，這讓我們的表情有了明顯的情緒表達。

一般動物並沒有明顯的眼白，有助於偽裝或是隱藏自己的視線，因而逃過被獵捕的危險或是容易捕獵獵物。有些科學家認為，因為人類是群體動物，可以合作，所以演化出眼白，反而能表達情緒，進行社交活動。

12 可歌可泣的滅絕往事

「沒有下一次！」「不會出現了啦！」「保證再也見不到！」「一定是最後一次！」「絕對會消失！」

這些是全班送給張志明的評語。

因為剛才上音樂課時，音樂老師要張志明獨唱，以便打分數。本來大家都帶著「一定有好戲可看」的心情，等著調皮搗蛋的張志明，會故意發出什麼好笑的怪腔調。沒想到他竟然很正常的唱完整首歌，沒走音、歌詞也沒唱錯。

陳玟很失望的說：「太陽從西邊出來囉。難道張志明被外星人改造，原本的張志明已經滅絕？」

張志明做個鬼臉，滿臉不在乎：「我是史上最可愛的音樂神童，你們很幸福，能親耳聽我唱歌。」

「我不想聽。」陳玟故意遮住耳朵，還說：「張志明沒有滅絕，是美好的音樂要滅絕了。」

我正好剛讀完《愛麗絲漫遊奇境》，於是補充了關於滅絕的知識：「這本童話故事裡擔任賽跑比賽裁判的度度鳥，才是真正滅絕的動物，而且是目前知道的、史上第一隻被人類滅絕的動物，好可憐。」

張志明假裝擦眼淚，也說：「人類壞壞。我不想被可惡的人類滅絕，快救救我，不要讓陳玟把我滅絕。」

白忠雄呵呵笑，熱心的說：「可以到我家買急救包，就不會被滅絕。」

我發表看法：「想澈底滅絕沒那麼簡單，生物不會隨隨便便就滅絕啦。昆蟲都已經在地球上存在四億多年了。」

但是楊大宏很嚴肅的報告讓全班都嚇一跳的滅絕新聞：「你們都誤會了，滅絕隨時都在發生。根據現在的專家估計，每小時就有三種生物滅絕。」

張志明連忙說：「所以要趕快做讓自己高興的事，想吃就吃，想玩就玩，萬一被滅絕才不會死不瞑目。」

由於他使用成語，顯然得到本班的成語天后陳玟的認同，所以她不但沒有糾正張志明，還替他補充：「這叫及時行樂。」

楊大宏也莫名其妙的補充：「西方有句成語，叫做死得像度度鳥一樣；意思是再也不可能復活，絕對沒救了。」

張志明搖搖頭，建議江老師：「我們要多多上遊戲課，才不會死得像度度鳥一樣，沒救了。」

「請放心，想滅絕需要有必要的條件。」江老師拍拍張志明，舉例給他聽：「比如，你上午規定的作業沒寫完，那麼，你的下課時間才會『滅絕』。」

「老師你好會舉例喔。」張志明還是笑嘻嘻的。「我聽說，度度鳥是因為太笨，才會被人類滅絕。老師請放心，我不笨。」

楊大宏大喊：「你又誤會了，不是牠笨，是牠不了解人類的可怕。」他為大家說了關於度度鳥的可歌可泣故事。

本來度度鳥棲息在非洲附近的模里西斯島，過著無憂無慮的日子。雖然是鳥，但因為不需要躲避猛獸攻擊，所以不會飛。牠們餓了，就吃吃島上的植物，還直接在地上製作鳥巢，然後下蛋。

結果，十六世紀時，西方一些船隊來到島上。當船員登陸時，溫馴的度度鳥還靠過來，好像在向人類打招呼，一副好奇的樣子。肚子餓的船員，自然就拿起木棍，補捉度度鳥當做食物來吃。吃不完還用鹽醃起來，帶在船上當糧食。

「不要再說了，好殘忍。」陳玟皺著眉頭尖叫。「知人知面不知心，人心可畏、令人心寒。」

楊大宏把這椿滅絕的往事說完：從此，度度鳥慢慢被吃光，牠們下在地上的蛋也被人類帶來的狗、老鼠吃掉。人類還砍伐原本的森林，用來種甘蔗，以便製糖，害度度鳥失去食物。據說 1681 年，牠們便澈底滅絕。

大家不說話，顯然都對度度鳥產生同情。陳玟說：「並不是度度鳥笨，是人類太自私。」

楊大宏好像覺得氣氛還不夠悽慘，居然又說：「地球上已經有五次大滅絕了。科學家警告，人類再不改善，就會引爆第六次大滅絕。到時候，大量的生物都會死得像度度鳥一樣，當然也包含人類。」

江老師說：「有時候，滅絕是躲不掉的，比如六千多萬年前的第五次大滅絕，可能是因為小行星或彗星撞地球，使得當時稱霸地球的恐龍滅絕。」

不過，如果是人類造成的，當然可以注意，小心避免。

張志明的結論是：「度度鳥就是太相信人了，才有悲慘的命運，就像我也常相信陳玟一樣的悲慘。」

江老師對張志明也有結論：「你再不準時交作業，我對你的耐心就滅絕了。」

張志明則回應：「我在地球第六次大滅絕前一定交，讓老師不覺得有遺憾。」

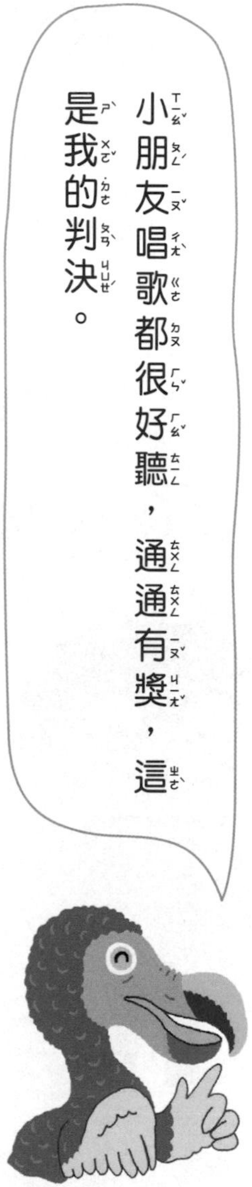

關於五次大滅絕

地球上歷經五次的生物大滅絕。依序分別是在：4.4億年前（奧陶紀末期）、3.65億年前（泥盆紀末期）、2.5億年前（二疊紀末期）、2億年前（三疊紀末期）與6500萬年前（白堊紀）。在第五次滅絕時，大約有75%的地球生物滅絕。

臺灣也有一些生物滅絕，其中兩種「野外滅絕」的生物——烏來杜鵑與臺灣梅花鹿，後來經由人工方式成功復育。

13 通通只要21秒

我喜歡上自然科學，因為跟昆蟲、恐龍有關；張志明說他也喜歡自然科學，不過，應該是跟自然教室有各種奇妙的標本有關。

其實張志明只喜歡自然教室，不喜歡上自然課，也不愛科學實驗。只要自然老師一開口，坐在我旁邊的他，便開口偷偷的跟我說話。

今天，他又小聲的對我說：「等一下幫我畫三隻蝴蝶，我妹妹想要。」

我正想回答他，自然老師卻注意到了，不高興的指著張志明：「你不專心聽講解，待會兒做實驗很危險呢。」

張志明很正經的回話：「太危險了！我們還是不要做實驗，生命很珍貴。」

自然老師一向跟張志明交情很好，因為張志明常常逗老師開心，所以張志明敢跟他開玩笑。

「你知道真正珍貴的是什麼嗎？」自然老師反問張志明。

陳玟迫不及待舉手說：「珍貴的是下週舉辦的科學展覽，如果得獎，就可以領到獎狀，為班爭光、光耀門楣。」

一提起科學展覽，張志明有精神了，他向老師報告：「老師放心，我們這一組已經放棄得獎，因為找不到值得研究的題目，最後只好研究不值得的題目。」

我與楊大宏同時嘆了一口氣。自從三年級起，我們與張志明同組之後，每次遇到科學展覽，他都有奇思妙想，讓我們哭笑不得。

比如上學期，明明楊大宏主張要做「天氣的研究」，張志明卻大喊：「不要。」還說：「我們來研究吃多少豆子才會放屁。」他還預告：「如果向評審老師報告時，忽然放了一個屁，保證得獎。」

這次，我們這個古怪的三人小組，又被張志明強力建議一個古怪題目：「蛇到底會不會睡

覺」。會訂這個題目，當然又是因為張志明有個叔叔在賣蛇，而且最近沒有被警察取締。

不過，楊大宏搖頭否定，因為他說蛇沒有眼瞼，所以不能閉上眼睛睡覺，只能睜眼睡覺。他還說這件事大家都知道，沒有研究價值。最後他說：「還是研究天氣好了。」

為了公平起見，我們最後猜拳，結果很不幸的，張志明贏了。楊大宏只好決定：「好吧，我來找蛇的相關資料。」

沒想到幾天後，張叔叔又被警察取締，而且一氣之下，決定以後再也不賣蛇了。張志明說：「最高興的人是我嬸嬸，因為她很怕蛇。」

楊大宏卻說：「根據統計，每五個人之中，就有一個怕蛇，很正常。」

看來我也是正常人，因為我也怕蛇。

為了研究主題，我們三個人吵了很久，無法意見一致，最後，只好去請教自然老師。但是老師卻說：「科學展覽的重點不在研究多高深的理論，而是態度。你們一開始就吵個不停，無法合作，我必須先扣你們這一組的分數。」

張志明趕快說：「老師，我們沒有爭吵，是因為沒有蛇可以研究。」

自然老師提醒我們：「最好能做簡單可行的題目，不要好高騖遠。很多科學家都是先從自己生活中的小困擾開始深入探討。」

老師指點我們一個方向：想想日常生活的哪件事，會給你們帶來困擾？

楊大宏覺得這個方向很正確，於是我們三個人約定，各自找出三件困擾，最後再開會決定選哪一個當主題。

豈知我們想了好幾天，仍然無法找出最有意義的主題。楊大宏賭氣的說：「算了，我放棄，直接研究鹽水泡蛋，做密度實驗吧。」但是，他要求我們須保密，不要輕易讓別組知道我們已經放棄。

但是今天上自然課時，張志明居然開心的對全班公布這個祕密，說我們要研究「不值得的題目」，楊大宏的臉色馬上變得很難看。

自然老師被張志明所謂的「不值得的題目」逗笑了，向大家說：「你們都誤會了。其實科學家們，也常針對一些世人以為不值得的主題，大大的研究一番呢。」

他介紹國外一個十分特殊的獎項：「你們應該聽過偉大的諾貝爾獎。但是，你們知道嗎，科學界還另外有個『搞笑諾貝爾獎』，是頒給那些辛辛苦苦研究的科學家，只是他們研究的

題目，在別人眼中，看起來很搞笑、甚至被認為不值得。」

老師舉的例子真的很搞笑，例如，有一群科學家，研究「身體哪個部位，被蜜蜂螫到會最痛？」因而得到 2015 年搞笑諾貝爾獎的生理與昆蟲學獎。

我們齊聲問：「哪裡最痛？」

答案是鼻孔。那些科學家還很認真負責的親自做實驗，被蜜蜂叮呢。

我們實在忍不住，全都捧腹大笑。

老師卻說：「雖然聽起來很可笑，但是轉念想想，他們具有科學需要的認真與好奇探索精神，雖是搞笑，也很可貴。」

陳玟笑得喉嚨嗆到，用沙啞的嗓音說：「這些外國人太搞笑啦。」

「不不不，你們又誤會了。臺灣科學家們也得過幾次搞笑諾貝爾獎呢。」老師說完，又舉一個令我們笑到人仰馬翻的得獎研究：「有位華裔的美國科學家胡立德先生，研究發現，凡是體重超過三公斤的哺乳動物，排尿時間幾乎都在二十一秒左右。」

老師說這個尿尿研究，得到了2015年搞笑諾貝爾獎的物理學獎。

「所以，不論大象或

五歲小孩，尿尿都是二十一秒。」楊大宏難得的也笑了，替老師做結論。

張志明則說：「下課後，我要去廁所量量看。我是具有科學精神的小孩！」

我有點擔心張志明會產生什麼搞笑的靈感。
科展

關於 21 秒定律

胡立德先生是研究流體力學的科學教授，他無意中發現自己的三歲小孩，每次尿尿幾乎時間都在 21 秒左右。於是帶領學生到動物園實地測量，發現不論大象、羊，或是貓與狗，尿尿時間都差不多。大象的膀胱雖然比人類大一百倍，排尿時間卻也幾乎相同。科學家認為這跟地心引力有關。

14 愛迪生跑得快

「中文字有奧妙之處。」江老師上國語課時，語重心長的說。「比如張志明要向陌生人自我介紹時，可以說：我的姓是弓長張，不是立早章。」

被點到名的張志明馬上舉反例：「可是，中文字也很麻煩，像『贏』這個字筆畫很多，超級難寫。」他還自己下結論：「這一定是上天在勸我，沒事不要贏。」

陳玟唉聲嘆氣，大表不滿：「難怪古時候的人會說，

當倉頡發明文字以後，天雨粟、鬼夜哭。意思是上天和鬼已經預見，幾千年後，會有一個張志明亂說文字的壞話，於是上天氣得扔下粟米洩恨，鬼也氣得哭了。」

江老師笑了：「天雨粟、鬼夜哭不是這個意思啦。不過，關於誰是文字的發明者，更精確的說法，應該是在倉頡之前，本來就有人在創造與研究文字，倉頡只是努力的收集與整理，然後加以統一，再流傳下來。」

陳玟又適時的補充：「就像紙根本不是蔡倫自己發明的，他只是把造紙技術改良得更好，然後向皇帝報告。皇帝覺得蔡倫好有才華，加上之後人們開始使用這種紙，並且把它叫做蔡侯紙。於是，後世的人就說紙是蔡倫發明的。」

老師點點頭，表示同意：「沒錯，許多重大的發明，並非一個人獨力完成，是一代又一代，不斷精進改良。想找到第一個真正的紙張創造者，並不容易。」

據老師說，早在蔡倫之前，有本書上就曾寫過一則故事，大意是說：有位鼻子很大的臣子要入宮覲見皇帝，但是當時的皇帝討厭大鼻子的人。於是，有人就勸這位大臣：「用張紙把鼻子

蓋住便行。」可見，當時早就有紙張存在了。

張志明替大鼻子打抱不平：「我媽說鼻子大，福氣也大。」

「話說回來，發明真是一件了不起的事。」江老師繼續說。「尤其是那些能改善世人生活的發明，我們得真心向這些發明家表示欽佩。」

我也覺得幸好有人發明沖水馬桶，否則就太可怕了！

張志明不落人後，也報告他所知道的發明知識：「我們要好好謝謝愛迪生，他發明電燈，好讓我們晚上可以看電視。」

楊大宏終於找到機會，發表他的發明知識：「你誤會了！電燈並不是愛迪生發明的。在他之前，根據統計，至少有二十二個人曾經發表與展示過電燈的相關設備。也可以說，愛迪生是第二十三個發表電燈設計的人。」

「第二十三個哪能說是發明者？」我們都哇哇大叫。

楊大宏對愛迪生很有研究，可能是因為他自己也一直想當發明家。他接著說：「其實愛迪生很有商業頭腦，而且動作很快，研究的東西一有成果，就會馬上跑去申請專利。他一生中申請到的專利有一千多種。」

陳玟認為：「就算愛迪生並不是真正去發明每一樣東西，但是能改良上千種發明，也很厲害啊。」

白忠雄也跟進：「而且愛迪生跑得很快，一有發明就跑去申請專利，代表他很勤勞，知道賺錢的重要。」

楊大宏又指出陳玟的誤解。因為，愛迪生賺錢後，聘請許多科學家與研究者為他工作，所以並不是他一個人改良所有的發明。

陳玟還是覺得不滿意，她說：「我看，你只是嫉妒愛迪生罷了。」

「我何必嫉妒愛迪生？」楊大宏臉都紅了。「愛迪生對交流電之父尼古拉·特斯拉那麼壞，他根本是個會嫉妒別人成就的小氣鬼。」

江老師也知道這段歷史，她解釋：「當時愛迪生與他的團隊苦心研究直流電，而特斯拉研究的是交流電。後來證明，交流電帶來的電力系統，讓後世有穩定電力可使用，比愛迪生研究的直流電好多了。」

難怪特斯拉被稱為交流電之父，連一款電視上常常廣告的電動車，都以他的名字「特斯拉」來命名。

「可是，愛迪生是小氣鬼。」楊大宏臉紅紅的繼續說愛迪生的壞話，「特斯拉曾經也在愛迪生的實驗室工作。有一次，愛迪生要他改善一項實驗，還說如果成功，會送給特斯拉相當於現在一百萬美金的獎賞。」

聽起來愛迪生很大方啊。

可惜，當特斯拉真的成功，向老闆愛迪生要獎賞時，他竟然說：「喔，你不明白這只是美國式的幽默嗎？」

我們都不敢相信，連連驚呼：「愛迪生好狠。」

彷彿講完這一點還不夠似的，楊大宏又加碼補充：「其實，連電話也不是貝爾發明的，是他偷別人的研究成果，然後搶著去申請專利。」不過他說，後來美國眾議院在2002年，已經重新判決，認定電話的真正發明人是義大利的安東尼奧．穆齊。

聽完這些發明家的不光彩往事，我真覺得有點出乎意料，難以相信。

江老師想了想，要大家評論一個人時，最好先別急著下定論。就像愛迪生，雖然做了些不光彩的事，不過，他熱愛研究、一試再試的態度值得學習。

最後，老師又讚揚了特斯拉：「他將交流電的技術發展成功之後，從此我們有可靠與安全的電力系統可使用。然後，他做了件你我都該用力感謝的事。」

那就是，特斯拉並沒有像愛迪生一樣，跑去申請專利，反而公開這項技術，把這項發明免費提供全世界使用。

大家再度驚呼：「謝謝特斯拉。」

不然，我們一打開任何電器用品，就得付專利費給他呢。

張志明忽然冒出一句：「我懂了，最厲害的發明家，就是會一天到晚打聽誰有發明的人，然後比他快一點，搶先去申請專利。」看見陳玟用力的瞪他，張志明馬上咧嘴一笑：「哎唷，這只是張氏的幽默啦。」

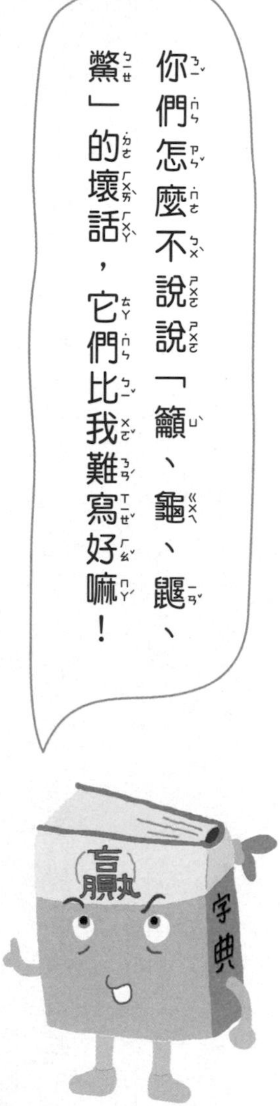

關於發明家特斯拉

尼古拉・特斯拉是塞爾維亞裔的美籍發明家（1856—1943）。2019年美國電影《電流大戰》，演的就是他後來加入「西屋電氣」公司，以交流電技術與愛迪生的直流電技術競爭交手的故事。他一生發明無數科技產品，包含特斯拉線圈、無線電技術等。光是專利紀錄就有1000多項，平均每20天就有一項發明，真是厲害。不過，據說，他的發明並未全部公諸於世呢！

15 氣呼呼的作家

上作文課時，張志明總是長吁短嘆的，對老師訴苦：「寫字對我來說，太辛苦了，有些字筆畫多、同音字更多，害我常寫錯。」

江老師充滿耐性的開導他：「所以你更需要多多練習，好好寫，就會越寫越輕鬆，越寫越開心。」

張志明再嘆一口氣，向老師預告：「我發誓我將來一定不會當作家。」然後，他又預告：「寫作文是沒辦法開心的，如果白忠雄等一下請我喝珍珠奶茶，我才會開心。」

白忠雄馬上說：「不可能！這樣會換我不開心。」

陳玟則滿臉得意的說：「作文最容易了，把心中想講的話，開心的寫下來就好了。」

我問陳玟：「所以，世界上最輕鬆、過得最開心的職業，就是作家囉？」

「當然！」陳玟眉飛色舞的舉例，「我以後想當J.K.羅琳，寫書賺大錢，蓋五間別墅，邀請大家來喝下午茶。」

白忠雄也說：「我以後要當哈利波特，演戲賺大錢。」

葉佩蓉的志願是：「我要開文具店，賣筆給作家。」

楊大宏卻說：「作家早就不用筆寫稿子了，大都是以電腦打字。」而且，他覺得大家的志願很幼稚，因為他說：「其實，有很多作家是窮死的。」

「誰？」我們很沒良心的問。

楊大宏說：「如果張志明去當作家，可能就會。」

江老師卻說：「依目前狀況而言，作家要窮死應該不太容易。至少可以白天打工，晚上再寫作。」老師講得好實際。

最重要的，老師忽然想起一件事：「陳玟，你誤會了，並非所有作家都開心。世界上的確有寫得很鬱悶的作家。」老師說的話讓我們很吃驚，因為她說：「有位作家，不但不開心，書出版之後，大受歡迎，他卻氣呼呼的呢。」

「為什麼？寫的書受到讀者歡迎，不是應該高興？」針對我們的疑問，老師沒有回答，反而先問大家：「讀過《格列佛遊記》的同學請舉手。」

全班至少三分之二的人舉手，葉佩蓉說她沒讀過，但是有看過電影。

我也讀過，可是書名是《大人國、小人國遊記》。

江老師口中「氣呼呼的作家」，指的就是《格列佛遊記》作者——英國的斯威夫特。他生氣的原因很簡單，因為他覺得大家都讀錯啦。

「原本，他寫這本小說的目的，是希望讀者會對書中那些諷刺政治的情節感到憤怒。沒想到，讀者卻

說，書中那些有趣的奇怪國度與荒謬的故事，讓大家讀來很新鮮，讀完哈哈大笑，不但不生氣，還很抒解壓力呢。」

聽完老師的解釋，我們也笑了。張志明還說：「讀者如果讀完很生氣，把書往窗外一扔，作者才應該生氣吧。」他又說：「而且，萬一不小心砸到暴龍老師，還會被叫去訓話，更慘。」

陳玟瞪著張志明，警告他：「小心我把你這段話寫進作文裡，當做證據，證明你沒有尊師重道。」

「我有啊。」張志明喊冤。「我看到暴龍老師都會躲開，免得惹他生氣長皺紋。」

江老師說：「其實暴龍老師心地很善良，有時，我們會莫名其妙的對人產生誤解。」

我很贊成老師的想法。如果老師不說，我一定以為斯威夫特是個很樂觀、很愛搞笑的夢想家，才會寫出如此妙趣橫生的遊歷故事。誰知道真相是：他不但不會搞笑，一生都嚴肅又孤僻，總是滿臉愁容呢。

張志明拍拍胸口：「為了不讓我讀完很哀愁，我還是勉勵我自己不必讀這本書好了。」

他才說完，馬上引起不少反對的聲音。我也高聲為這本書宣傳：「小人國好有趣，一定要看。尤其有一段是寫吃蛋時，該先敲尖尖的那一端，還是……」

看見張志明臉上出現「再來呢」的好奇表情，我立即停止透露劇情，告訴他：「明天帶來借你看。」

楊大宏也熱心贊助：「我家有完整版可以借你。張君偉只讀過小人國與大人國。其實，斯威夫特寫的《格列佛遊記》原文有四集。」

給我們讀的，通常是經過改寫、比較適合孩子閱讀的童書版。反正，斯威夫特本來想展示他對當時英國政治的不滿；那些諷刺的部分，我們這些純潔的小孩，能讀懂才怪，所以讀童書版也沒損失。

楊大宏發揮他的小百科精神，為大家補充相關知識。他說：「在《格列佛遊記》中，有個虛構的拉普塔島，島上有科學家，告訴格列佛火星上有兩顆小衛星。」

沒想到一百多年後，真的有天文學家觀測到火星有兩顆衛星，於是將其中一顆衛星上的殞石坑，以斯威夫特的名字，命名為「斯威夫特火山口」。

還有，這本小說中提到的「浮在空中的島」，後來引發日本導演宮崎駿的靈感，完成動畫電影「天空之城」。甚至有人認為，書中寫到的「思想機器」，就是後來發明的電腦。

江老師很喜歡科幻小說與電影，對楊大宏的補充十分滿意。她說：「許多小說情節能激發無數科學家想像，進而產生發明。」所以，她勸張志明：「還是要多讀書、好好寫作。說不定，也能引起你的發明動機。」

張志明馬上有靈感：「我知道要發明什麼了！我要發明替我寫作文的機器。」不過，聽起來這項發明有難度，因為他說：「而且這臺機器不能寫得太好，必須有錯別字，才像我寫的。」

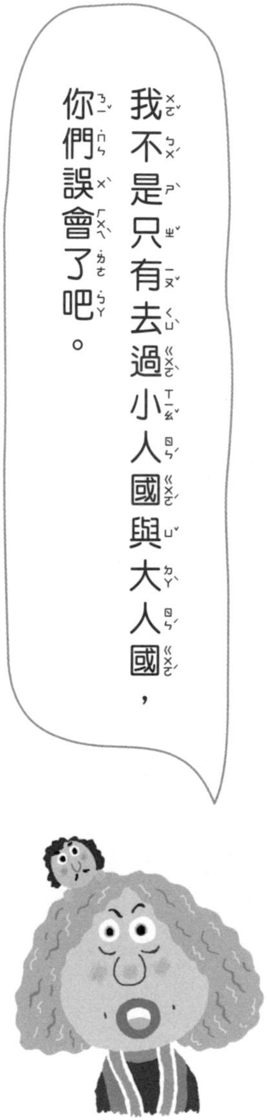
我不是只有去過小人國與大人國，你們誤會了吧。

關於《格列佛遊記》（Gulliver's Travels）

這本小說於 1726 年在英國出版，但是首版有大幅刪減。直到 1735 年，才出版完整版。作者是出生在愛爾蘭都柏林的強納森・斯威夫特。全書共分成四次冒險遊歷，除了小人國、大人國，還有諸島國、賢馬國。其中，在「賢馬國」中，有種叫做犽猢（Yahoo）的低等動物，小說本意其實是對人類的嘲諷。不過，後來卻被全球知名的搜尋引擎「雅虎」作為名字呢。

16 我選了少人走的路

雖然班長陳玟外號是成語天后，講話喜歡加入成語，以便增強語氣、加深力道，不過，她的苦心常受到張志明的打擊。

比如今天張志明又忘了帶作業來交，陳玟以哀痛的語調說：「你再不清醒點，好好做人，總有一天會作繭自縛。」

誰知道養過蠶寶寶的張志明，居然說：「結繭是為了保護自己，把自己包得緊緊的，才不會被天敵吃掉。作繭不會自縛，是會活得很好。」

白忠雄附和張志明：「就是居家隔離的意思。」最近正在流行還沒研發出疫苗的新型病毒，全國人民都很緊張，凡是有可能染上這個病毒的人被規定要在家，不可出門，這叫居家隔離。

陳玟沒料到「作繭自縛」這句勉勵張志明的話，變成居家隔離，非常生氣的說：「我真是對牛彈琴。」「牛會聽音樂，聽古典音樂的牛，擠出來的牛奶更好喝。」張志明還不斷舔嘴脣，好像正在喝鮮奶一樣。

白忠雄也適時補充：「我們家賣的鮮奶，如果快要過期的會大特價。」他還問大家：「有人想再養蠶寶寶嗎？我家現在有進貨，會送桑葉。」

張志明滿臉開朗笑容：「我買來送給陳玟好了，當做仇人節禮物，讓她有機會學我，體會『作繭自縛』的快樂。」

楊大宏選擇站在班長陳玟這一邊：「雖然從蠶寶寶的立場來看，吐絲結繭的確是為了保護自己。但是如果用在成語的解釋上，作繭自縛就是比喻人做了某種行為，結果反而害自己陷入困境。」

陳玟嘆氣加搖頭：「張志明根本不懂人與蠶寶寶的差別。」

張志明說：「我比較不懂我跟你的差別。比如你為什麼每次考試都想得到一百分？這樣很辛苦耶。我只要及格就好，如果我考一百分，我媽會嚇壞。」

陳玟又有使用成語的機會了，她說：「你根本就是酸葡萄心理；因為吃不到葡萄，所以故意說葡萄好酸；因為考不了一百分，就故意說一百分不好。」

白忠雄插嘴：「我家有賣葡萄，不酸啊。」

江老師走過來，加入討論：「除了酸葡萄心理，你們知道還有一種甜檸檬心理嗎？」

張志明立刻舉一反三：「有沒有硬香蕉心理、軟芭樂心理？」

白忠雄又插嘴：「我們家真的有賣一種紅心芭樂，軟的。」

江老師笑了：「張志明反應很快嘛。」她還為大家解釋，甜檸檬心理與酸葡萄心理的作用其實差不多，都是一種自我安慰，甚至可以說自欺欺人。

「自己如果只有檸檬可吃，就會安慰自己：檸檬好甜啊，一點都不酸。而吃不到的葡萄，就說那葡萄一定酸死了，吃不到沒關係。總之，都是心理的補償作用。」老師說完，問大家：「這種心理補償，是好還是不好？」

我以前看過的書，只要寫到「酸葡萄心理」，通常就是為了嘲笑那些得不到就酸溜溜的人。原來，從另一個角度想，它也可能讓得不到的人，至少可以安慰一下，不再那麼難過。

全班馬上展開熱烈的辯論，有人覺得自我安慰很好啊，有人卻說自欺欺人不好，永遠不會進步。

「老師，您認為呢？」楊大宏想聽老師的意見。

江老師笑著搖頭，說：「我沒有結論，我覺得要看情形。」

陳玟倒是有看法：「太會自我安慰不行，張志明就是最好的例子。他永遠都跟別人不一樣，走不同的路，我猜他最後會成了迷路羔羊。」

大家都轉頭看白忠雄，他卻說：「我家沒有賣羊肉啦。」

沒想到小百科楊大宏這回居然提出反駁，他說：「選擇比較少人走的路，是好事。這是一首世界最著名的詩。」

「世界上最著名的詩，不是『床前明月光』嗎？」張志明馬上化身為詩人，吟起詩來：「床前明月光，大雞腿便當；舉頭望明月，低頭吃光光。」

陳玟大叫：「幼稚！而且重複說了兩次『光』，還沒有使用高級語詞。」

江老師對張志明的頑皮舉動，從來不發怒，只說：「你倒是知道李白的作品，不錯。」不過，老師也說，所謂世界上最著名的詩，並不是李白的〈靜夜思〉。

「世界上最著名的詩，應該指的是美國詩人羅伯特．佛洛斯特寫的，詩的題目是〈未走之路〉，意思是沒有走的那條路。」

老師才說完，陳玟就驚呼：「我家有個馬克杯，有印著這首詩的最後兩句話耶。」

陳玟背出來：「我選擇比較少人走的路，從此人生變得不同。」她還說陳爸爸曾經對她解說這兩句話，意思是：「要勇敢走自己選擇的路，就算那條路比較少人走，也不要怕，因為可能帶來不一樣的美麗人生。」

江老師點點頭，說：「這兩句詩常被引用；從前我寫作文時，就用過呢。根據知名的搜索引擎統計，這是全世界最常被搜尋的詩句，更別提它被引用在廣告、新聞標題等。有一款電動遊戲，還用這首詩當遊戲的名稱。」

楊大宏說：「這首詩充滿勵志效果，難怪大家都愛引用。」

江老師終於說到重點：「其實這是天大的誤會，因為如果仔細閱讀整首詩，從詩的前半段可以知道，詩人走到森林所遇到的兩條叉路都覆蓋著落葉，風景也一樣美麗。因此，他根本是隨便選了其中一條來走，並不是故意選比較少人走的路。」

既然如此，詩人為什麼最後兩句要寫：我選擇少人走的路，從此人生變得不同？

沒想到，張志明居然有答案：「老師有教過誇飾法，詩人都很誇張。」

江老師拍拍張志明，有些不敢相信的表情，說：「沒想到張志明記得國語課教過的修辭法。」接著她說：「佛洛斯特這首詩的本意，只是想表達：人類很會為自己找理由，美化自己的所有行為。明明是隨意選擇走的路，日後還故意說：想當年，我就是選了人煙稀少的路，才有今日的結果啊。」

「老師您好會演喔。」張志明拍手誇獎老師。然後他說：「這也是自我安慰、自欺欺人。」

陳玟問：「所以，我們將來不可以再引用這首世界知名的詩句，免得鬧笑話，對不對？」

老師回答：「倒也無所謂。就像成語說的積非成是、約定俗成。當多數人都認為這兩句詩很陽光、很正面，具有勵志效果，繼續引用也行。」

「如果現在佛洛斯特在我們教室，他會說什麼？」他寫的詩，被世人讀錯了、誤用了，會生氣嗎？這是我的懷疑。

張志明卻說：「被誤用，總比從來都沒被引用過好吧。」

不知道李白贊不贊同張志明這句結論？

關於〈未走之路〉（The Road Not Taken）

美國詩人羅伯特・佛洛斯特（Robert Frost）是美國史上最偉大的田園詩人之一。〈未走之路〉是他在 1916 年出版的詩集中收錄的其中一首，也是影響力最大的一首。他曾經寫信對友人說：「我跟你打賭，很少人會知道被我的〈未走之路〉騙了，而且還說不出是哪裡被騙。」

這件事，你也誤會了

1 兔子最愛吃紅蘿蔔！

不，牠們的主食是牧草與新鮮蔬菜、飼料，反而不該餵食紅蘿蔔，對牠們的胃腸不好。

2 世界上怎麼可能有爸爸自動變性，成為媽媽的事？

答案是有的——迪士尼動畫《海底總動員》中的小丑魚尼莫就是。小丑魚是母性社會的動物，如果領導的雌魚去世，雄魚老大會變性為雌，繼續領導。所以真實世界裡的尼莫，在失去媽媽之後，照理說牠的「爸爸」應該變性為「媽媽」才對。

3 蘋果的果實真好吃？

不，其實我們吃的不是蘋果的果實，而是由蘋果的花床形成的「假果」，我們吃的草莓、鳳梨也都是假果。像柿子，是由子房膨脹，才是真正的果實，也稱為「真果」。

4 要好好訓練右腦，據說可以激發創意。

不對。我們的左右腦雖然各有負責的功能，但其實連結得很緊密，以執行複雜的認知活動，所以無法將左右腦分開訓練。

5 人啊，不要一天到晚嘆氣。

不對。其實當我們心情不好時嘆氣對身體反而好。嘆一口氣，可防止肺部的小氣囊塌陷，是維持生命必須的身體反應。人類平均每小時會嘆氣十二次呢。

6 凡事如果同意，就比個OK手勢吧。

那可不行。雖然不少手勢全世界的人都愛用。但是在法國，如果比出OK手勢，意思反而是「一文不值」；在希臘、西班牙和巴西，比OK也會冒犯對方。至於在中東與澳洲、希臘地區，則不能比大姆指（我們常用來說「讚」）的手勢，因為帶有不敬之意。在英國，如果比出V字手勢，且手背朝外，是「滾開」，而不是勝利之意。

7 每個人的骨頭數目都是206塊。

錯！成人才是。嬰兒出生時有三百多根骨頭，隨著成長，有些骨頭連在一起，直到發育為成人，骨頭才是206塊。其中約有一半的骨頭（106塊）在手和腳上。

8 辣椒那麼辣，如果種植辣椒，鳥類應該不敢來吃吧？

不對。鳥類不會被辣椒辣到，是因為牠們對辣沒有感覺，而且辣椒鮮豔的顏色還會吸引牠們過來吃，不過因為鳥類無法消化辣椒種子，所以能替辣椒傳播種子。而地球上會吃辣的哺乳動物，只有人類與樹鼩。

9 人類有五種基本味覺？

不，雖然目前已偵測到我們的味覺受器，可辨識出五種基本味覺：酸、甜、苦、鹹、鮮。不過，科學家還是認為，人類可偵探到的味覺應該更多，比如澱粉味、金屬味、薄荷醇味等，也有科學家從實驗中測得「水分子」的訊號也能被味蕾接收及傳遞，所以純水有「水味」。而中藥所說的五味，指的則是：酸、甜、苦、辣、鹹；但「辣」在科學上不算味覺，是「痛覺」。

10 「舌」間上的食物真美味。

其實這是錯誤說法！當我們吃東西時，感覺到的食物風味，有80％來自鼻子聞到的氣味；等於是大量嗅覺加上舌間的味覺，結合之後，才是我們認為這道食物的「味道」。

11 貓狗的年齡乘以七，大約等於人類的年齡。

不，這道計算公式並不科學，因為牠們在一歲時，就有生育能力，而人類在七歲時並沒有此能力，且不同動物對應的狀況也不同。

12 鯨魚噴水了，好壯觀！

不。鯨魚噴出來的不是水，而是空氣。鯨魚用肺呼吸，要時常浮上水面換氣。因為呼氣時，外面的空氣比鯨魚體內空氣冷，空氣遇冷凝結成水滴；加上在深海裡肺中空氣被強烈壓縮，才會形成噴水奇觀。

13

對完統一發票，要記得做紙類回收。

不，並非所有發票都能回收。

電子發票看似紙類，但其實不能回收。它帶有四層塗佈層，屬於感熱紙（ATM明細表、彩券、停車繳費單等也都是），在回收上根本很難分離到只留下紙張纖維，所以只能當一般垃圾。

14

前面地上有塊香蕉皮，小心滑倒。

不。有科學家研究實驗，光是走過一塊香蕉皮，甚至是多張香蕉皮，除非故意，否則很難立刻滑得四腳朝天。

15

紙船只能觀賞，哪能真的在水上航行？

不。用報紙和冰，可以建造出一艘能真正航行的船。知名的科學電視節目《流言終結者》中，這艘船以時速三十七公里航行了半個小時。

16 每天都吃義大利麵的話，看都看膩了。

才不會呢！人類吃的單一主食中，形狀最多樣的非義大利麵莫屬了，應該很難在短時間看膩。它的外形除了常見的直條麵、寬扁麵、蝴蝶麵、貝殼麵、通心麵等，還有蝸牛造形的麵、戒指麵、手帕麵、散熱器麵、蕾絲麵、雞冠麵、陀螺麵等。你要不要也創造一種新造型的麵？

17 水果要放進冰箱，以免很快就腐壞。

這可不一定。熱帶水果如香蕉等，不適合放冰箱，因為會破壞細胞膜，使細胞內部的酶與多巴胺滲出，加速氧化。香蕉如果放冰箱，不但皮會變黑，也會過度成熟而腐壞。

18 不論哪種動物，累了總得停下來休息一下。

不，鮪魚必須一輩子都在游泳，連睡覺時都不能停下來，否則就會缺氧而死。所以牠們的左右腦可以輪流休息，邊睡覺邊游泳。

19

柯南道爾寫出受歡迎的《福爾摩斯》，一定樂在其中。

不。原本職業是個醫師的亞瑟·柯南·道爾，因為生意不佳，收入不多，只好寫作貼補。後來《福爾摩斯》賣座之後，他仍然認為寫嚴肅的歷史小說，才是他畢生該盡力的創作主題。所以，在他心中，《福爾摩斯》系列微不足道。

20

王淑芬寫出「君偉上小學」系列，一定樂在其中。

只有這一題的答案是**「正確，沒有誤會」**。

作者後記

寫完「君偉上小學」一至六年級系列，我很自然的成為讀者口中的「君偉媽媽」，算是臺灣校園故事的努力耕耘者之一。在讀者不斷催促中，又加寫了特別篇《君偉的節日報告》，與這本《君偉的誤會報告》。

不知道讀者們相不相信，據心理學家說，人天生有求知的本能，如果能知道一件自己以前不懂的事，會帶來喜悅感。不管有沒有確切的科學實驗證據，至少我自己是這樣，從小便喜歡閱讀知識類書籍，與收看科普類的節目，並因此感到愉快。（順便分享一個冷知識，其實臺灣並沒有「心理醫師」。在臺灣，僅有「精神科醫師」、「臨床心理師」及「諮商心理師」，沒有任何一個專業證照稱為「心理醫師」。）

也因為如此，我很希望能讓我的君偉粉絲們，藉由君偉與他的同學，在歡樂有趣的情節中，順便知道一些比較冷門的知識。為了收集相關資料，我當然也讀了許多書，查詢更多文獻或研究，結果，我又知道更多以前沒想過的事。

比如：有高達70％的人，可能患有「冒名頂替者症候群」，或稱騙子症候群；有這種心理症狀的人，常會覺得自己的成功，並非真有實力，只是運氣好罷了！

我有這種病嗎？咦，好像有一點……

當然，如果能夠自我察覺到「不！我誤會了，我沒有」，反而會提醒自己不要陷入這種「想太多、自找的」煩惱中。

還有一件事也挺有趣：恐龍也有頭皮屑喔。（好，我知道大家對這個知識應該沒興趣。）

在收集過程中，我除了常發出「哇，原來如此」與「蛤，是喔」的驚嘆，也獲得更多「其實，我真的很無知」的感嘆。不過，古希臘的哲學家蘇格拉底說過：「知道自己無知，是邁向真理的第一步」。活到老，可以學到老。

（再分享一個知識。二〇一五年，搞笑諾貝爾文學獎，頒發對象是：荷蘭的一所心理語言學研究所。他們發現，「蛤」這個字，是全世界的人共通的、很常講的一個字。請注意，我上一段文章就講到這個字。）

希望讀者們一樣在這本書讀到樂趣，也讀到有意思的知識，並因此產生更多腦內啡（會有止痛感與愉悅感呢）。

作繪者介紹

關於王淑芬，你可能的誤會

1. 看起來外向、活潑？

其實不愛出門，最愛安靜在家對貓巧可說一百遍「我好喜歡你」。

2. 看起來是個樂觀的人？

其實是個悲觀的人。不過這樣也好，反而隨時提醒自己要樂觀。

3. 小時候就想成為作家？

其實小時候的志願是「芭蕾舞明星」，而且一直到大學還有參加舞團的表演。

4. 金牛座的都是美食家，很講究吃？

其實我對吃挺隨便的，只講究衛生。

5. 熱愛咖啡？

其實我只能在家喝咖啡，出門在外從不喝咖啡。

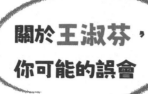

1. 因為生肖屬馬，所以叫賴馬？

哈哈！不是啦，我屬猴。本姓賴，之前的筆名有「馬到成」（功）、「馬尚豪」（馬上好）。後來同事取了綽號，叫我「賴馬」，就變成筆名了。

2. 插畫都有很多細節又逗趣，一定是個很細心的雙魚座吧？

我是金牛座，細心和耐心只用在創作，哈哈。

3. 外表和善，常常笑容滿面，一定很少生氣吧？

怎麼可能不生氣，不過我很不喜歡生氣。（快唱《不生氣魔法歌》吧。）

4. 在畫《君偉上小學》、《愛哭公主》等作品十分生動，會以孩子當做模型嗎？

沒錯！我們家有三個範本，還有我自己。

5. 老師可以創作這麼多有趣的故事，本身一定是個活潑、外向的人吧？

只能說，我是一個很複雜的人，想很多，這應該是創作者必需的吧。

關於賴馬，你可能的誤會

君偉上小學 特別篇

君偉的誤會報告

作者｜王淑芬
繪者｜賴馬
責任編輯｜楊琇珊
封面、版式設計｜林家蓁
審定｜張俊彥（國立臺灣師範大學科學教育中心主任）、李毓中（國立清華大學歷史研究所副教授）
電腦排版｜中原造像股份有限公司
行銷企劃｜陳詩茵

天下雜誌群創辦人｜殷允芃
董事長兼執行長｜何琦瑜
媒體暨產品事業群
總經理｜游玉雪
副總經理｜林彥傑
總編輯｜林欣靜　行銷總監｜林育菁
副總監｜李幼婷　版權主任｜何晨瑋、黃微真

出版者｜親子天下股份有限公司
地址｜台北市 104 建國北路一段 96 號 4 樓
電話｜（02）2509-2800　傳真｜（02）2509-2462
網址｜www.parenting.com.tw
讀者服務專線｜（02）2662-0332　週一～週五：09:00~17:30
讀者服務傳真｜（02）2662-6048
客服信箱｜parenting@cw.com.tw
製版印刷｜中原造像股份有限公司
法律顧問｜台英國際商務法律事務所・羅明通 律師
總經銷｜大和圖書有限公司　電話｜（02）8990-2588
出版日期｜2021 年 4 月第一版第一次印行
2024 年 8 月第一版第十二次印行

定價｜300 元
書號｜BKKC0040P
ISBN｜978-957-503-706-2（平裝）

訂購服務
親子天下 Shopping｜shopping.parenting.com.tw
海外・大量訂購｜parenting@cw.com.tw
書香花園｜台北市建國北路二段 6 巷 11 號　電話｜（02）2506-1635
劃撥帳號｜50331356 親子天下股份有限公司

國家圖書館出版品預行編目 (CIP) 資料

君偉的誤會報告／王淑芬文；賴馬圖. --
第一版. -- 臺北市：親子天下, 2021.04
172 面；　19X19.5 公分
ISBN 978-957-503-706-2（平裝）

863.596　　109019357